AF140143

Dieter Wartenweiler   Die weisse Klause

TWENTYSIX – Der Self-Publishing-Verlag
Eine Kooperation zwischen der Verlagsgruppe
Random House und BoD – Books on Demand

© 2020 Wartenweiler, Dieter

Herstellung und Verlag:
BoD – Books on Demand, Norderstedt.

ISBN: 9783740767914

Umschlagbild:
Alexej von Jawlensky, Weiße Kapelle in Murnau
akg images, Berlin

Dieter Wartenweiler

Die weisse Klause

Erzählung

Viele lange Jahre war ich ein Sucher gewesen, aber eines Tages hatte ich die Suche aufgegeben. Es war die Suche nach tiefer spiritueller Wahrheit, nach einer Erkenntnis, welche das übliche Wissen übersteigt. Vielleicht war es eine Suche nach der „Wahrheit" schlechthin – was immer das sei. Aber gewonnen hatte ich sie auf diesem langen Wege nicht, wenngleich es natürlich Momente gab, die etwas Befreiendes an sich hatten. Aber diese Ereignisse verflogen wieder, und ich fand mich erneut in den Mühen des suchenden Menschen. Und weil eben diese Mühen kein Ende zu nehmen schienen, ließ ich es irgendwann bleiben, und ich nahm mir vor, einfach nur noch meinen Weg zu gehen, ohne die Besonderheit, die allem Suchen anhaftet. Dieser nun freie Weg gestaltete sich oft in Form von Wanderungen durch unbekannte Gegenden – vielfach auch im Süden – wo ich mich spontan wohl fühlte im hellen Licht, in der Wärme des Daseins, und gelegentlich im Wasser, wenn es denn am Wege lag.

Auf einer meiner Wanderungen in südlichen Gefilden – es war vorsommerlich warm und das Meer glänzte durch die Büsche von weit her – da bemerkte ich etwas abseits des Weges ein Gebäude, das in heller Farbe durch die Bäume schimmerte. Solche Bauten sind auf Wanderungen immer wieder anzutreffen, und meistens geht man an ihnen vorbei. Es mag ein Stall sein, oder ein zum Ferienhaus umgebautes kleines Anwesen, und man beachtet es nicht weiter. Aber dieses leuchtende Gemäuer zog mich in unerklärlicher Weise an, und so trat ich näher, wenngleich ich niemanden stören wollte, denn es war mir ein Anliegen, die Privatsphäre der Menschen zu achten. Aber in diesem besonderen Falle war abzuwägen, was nun wichtiger sei – die Ungestörtheit der Menschen dort, oder mein tiefes Bedürfnis zu sehen, was denn hier sei. Ich entschied mich für einen Kompromiss: mich sorgfältig und unauffällig zu nähern, um zu erkennen, was mich anzog.

Zu meinem Erstaunen war es eine kleine Kirche, die weiß in den Bäumen stand. Der Hof davor war erstaunlich gut gepflegt für die verlassene Gegend, in die mich mein Weg diesmal geführt hatte. Neben der Kapelle stand ein Haus, und ich traute mich kaum näherzutreten, da die Anlage offenbar bewohnt war. Nun ist es aber so, das Kapellen auch einen gewissen öffentlichen Charakter haben, und es war nicht eindeutig, ob es sich hier um ein privates Grundstück handelte, oder um eine Kapelle am Wegrand, für die vielleicht jemand zuständig war. Weil der Ort weiterhin eine merkwürdige Anziehung auf mich ausübte, trat ich vorsichtig in den Hof. Dabei entwickelte sich eine eigenartige Gefühlslage, so wie sie einem entgegentritt, wenn etwas Unbestimmtes bevorsteht. Es gab da eine große Stille – nichts war zu hören außer dem Zirpen einiger Grillen. Und diese Stille war erfüllt von etwas, das ich nicht benennen konnte – irgendwie erschien sie mir angespannt, aber das mochte mit meiner eigenen Scheu und Erwartung zu tun haben. So legte ich dieses Gefühl wieder beiseite und ging zur Kapelle. Die Türe stand offen, und ich erlaubte mir auch einzutreten.

Die Kapelle bestand aus einfach gehauenen Natursteinen und war von harmonischer Proportion, vorne mit einer runden Apsis. Zu meinem Erstaunen war sie leer, bis auf eine Schale, die in der Apsis stand, sowie einem sorgfältig zusammengelegten Tuch am Boden. Der Raum war von einem wunderbaren Licht erfüllt, das sein Zentrum vorne in dieser Apsis zu haben schien. Von keinem der kleinen Fenster gelangte das Licht aber direkt dorthin, und so blieb mir rätselhaft, was es mit dieser Helle auf sich hatte.

Ein sonderbares Gefühl erfasste mich, das kaum zu beschreiben ist. Ich sah die kleine Kirche auf andere Weise, als ich zu sehen gewohnt war; da war eine Präsenz, ein tiefer Friede und Gehalt in allem, doch dieses Gefühl ging nicht von etwas Bestimmtem aus, nicht von der Apsis, nicht von den Fenstern mit den teilweise farbigen Gläsern, und auch nicht vom Eingang unter dem schön gehauenen Torbogen. Diese Präsenz war nicht lokalisiert, und es war mir, als würden das Licht, die farbigen Fenster und der Torbogen mit mir selbst zusammenfallen. Es war, als wäre ich selbst das Licht, die Fenster, die Apsis und der Torbogen, und es herrschte eine unglaubliche Stille. Diese Atmosphäre durchflutete mich tief.

Die Stimmung in diesem Raum war, als wäre jemand da, den ich doch nicht sehen konnte. Die Kapelle war leer und voll zugleich, aber im Grunde konnte ich nicht einordnen, was da geschah. Es war nicht zu erklären, doch das war auch nicht notwendig. Etwas ereignete sich mit mir an diesem Ort, das ich noch nie erlebt hatte. So viel Intensität kannte ich nicht. Nachdem ich einige Zeit so verharrte – ich weiß nicht wie lange; es können eine Stunde oder auch nur fünf Minuten gewesen sein – da ließ die Stimmung mit ihrem überwältigenden Eindruck etwas nach. Schließlich wandte ich mich dem Ausgang zu, und ich erschrak ziemlich, als ich da einen Mann im Türrahmen stehen sah. Ich hatte niemanden mehr erwartet, und seine stattliche Figur erschien mir abgründig. Er begrüßte mich zu meinem Erstaunen aber auf sehr liebenswürdige Weise. Ich spürte, die Stimmung im Raum hatte auch mit ihm zu tun. So wie ich in der Kapelle etwas erfahren hatte, das meinen Verstand und meine bisherige Welterfahrung überstieg, so erlebte ich diesen Mann als herzlich und mächtig-bedrohlich zugleich, obwohl keine Gefahr von ihm ausging. Es war vielmehr eine Kraft, der ich mich nicht gewachsen fühlte. Wer mochte nur dieser Mensch sein?

Nach der Atmosphäre in der Kapelle erschütterte mich dieser Mann nun nochmals in meinen Grundfesten – und es geschah, ohne dass er sichtbar etwas tat. Da war eine Kraft, wie sie mir bisher noch in keinem Menschen begegnet war. Ich fühlte, dass ich diesen Menschen zugleich liebte und fürchtete, bevor ich ihn kannte, ja bevor ich auch nur einige Worte mit ihm gewechselt hatte. „Du bist hier in einer besonderen Kapelle", sagte er zu mir, ohne mich explizit zu begrüßen, „es ist ein Ort, der niemandem geweiht ist. Hier ist einfach das, was ‚alles' ist." Daraufhin schwieg er. Er schien keine Antwort zu erwarten – es war einfach eine Feststellung. Was ich damit machen würde, war vollständig mir überlassen. In diesem Moment fühlte ich zweierlei: die eine Seite wollte sich entschuldigen, dass ich einfach in das Anwesen eingedrungen war und die Kapelle betreten hatte, und die andere Seite fühlte sich in Resonanz mit diesem Menschen und hielt es für völlig unangebracht, auf konventionelle Art zu reagieren. Lange schwieg ich, und schließlich sagte ich: „In dieser Kapelle habe ich ein besonderes Licht und eine große Kraft wahrgenommen. Dasselbe spüre ich auch bei Ihnen, und ich weiß nicht, wie ich das verstehen soll. Ich bin einfach erschüttert." Er blickte mich wohlwollend an und meinte, ich sollte ihn doch per Du ansprechen, sein Name wäre Jeduschin, und es gäbe an diesem Ort und auch an ähnlichen Orten keine Unterschiede zwischen den Menschen, denn sie würden alle aus der gleichen Quelle schöpfen. Etwas verlegen nannte ich ihm meinen Namen Micha und wusste nicht, was ich weiter sagen sollte.

Jeduschin führte mich zu einer Steinbank auf dem Hof, die hinter einem grob behauenen Steintisch stand, und mit einer Handbewegung bedeutete er mir, mich niederzusetzen. Lange schwieg er, und ich mit ihm. Dabei ließen wir den Blick über die Landschaft gleiten, die sich still vor uns ausbreitete. Aus der Ferne waren Klänge zu hören, wie Glockenklänge – vielleicht stammten sie von einem Metallstück, das Kinder irgendwo schlugen, oder vielleicht waren es auch einfach die Bienen, die einen derartigen Klang erzeugten. Wie alles in dieser Klause erschien es mir seltsam und zugleich bedeutungsvoll. Schließlich fragte ich: „Lebst du alleine hier, bist du ein Einsiedler?" Er schwieg etwas und antwortete dann: „Einsiedler sind Leute, die sich für eine längere Zeit, ja vielleicht für ihr ganzes Leben zurückgezogen haben. Aber aus was ziehen sie sich zurück?" Verwundert schaute ich ihn an, und dann glitt mein Blick wieder über die Landschaft, die in den schönsten Farben leuchtete. Der Himmel war blau, und die Luft des frühen Sommers flirrte schon über den Pflanzen und dem Gras, das sich in erster Dürre neigte. Es war mir, als käme seine Antwort aus der Landschaft um uns her. „Das Einzige, woraus Einsiedler sich zurückziehen können, sind die Ablenkungen eines unablässig tätigen Lebens. Eines Lebens, das stets auf etwas ausgerichtet ist, das Ziele verfolgt, die bei näherem Zusehen stets selbst gemacht sind und nichts mit dem wirklichen Leben zu tun haben. Ja sie lenken vom Leben ab, das gerade stattfindet. Einsiedler scheinen auf diese Ablenkungen zu verzichten."

Wieder schwieg er, und wieder glitt mein Blick von ihm weg in die Gegend hinaus. Die Eigenart dieses Menschen schien zu sein, nur wenige Dinge zu sagen, und dann öffnete sich der Raum wieder – als ob genug gesagt wäre. Ich hatte nicht den Eindruck, dass er mit dieser Redeweise etwas bezweckte, etwa dass er mich zum Nachdenken anregen wollte, sondern es war einfach er selbst, der sich so zeigte, wie er war. Da er vielleicht auch lange Zeit ohne Kontakt zu anderen lebte, mochte er nicht gewohnt sein, längere Zeit zu sprechen. Auch schien mir, dass ihm das Reden keine Freude machte. Er war einfach mir zugewandt und sprach, wie es sich ergab, oder eher noch dachte er laut nach. Ja eigentlich konnte man nicht einmal von Denken sprechen. Vielleicht war es einfach das Leben selbst, das sich in dieser Weise äußerte. Sein Leben – oder das Leben schlechthin, das wir alle sind.

Im Zuge solcher Erwägungen kam mir die Idee, dass das Entscheidende am Einsiedler vielleicht gar nicht das Alleinleben war, sondern vielmehr ein tiefes Schweigen, das den Belangen der Welt nicht verpflichtet ist, und ein natürliches Leben, das sich in nichts verzettelt. Jeduschin hätte auch mit anderen zusammen wohnen können, und es wäre wohl nicht anders gewesen. Es wird ja von manchen Einsiedlern berichtet, die andere Menschen anzogen, und um die sich später ganze Ortschaften bildeten. Dann waren sie zwar keine Einsiedler mehr, aber im Geiste mussten sie doch unverändert geblieben sein, denn sonst wären die Menschen wohl wieder von ihnen weggegangen.

So war es aber bei Jeduschin nicht, jedenfalls nicht nach meinem ersten Eindruck. Er hatte keine Leute um sich herum – so ruhig war es an diesem Ort. Ich war der Einzige, der gekommen war und mit ihm sprach. Oder war es umgekehrt – sprach er mit mir? „Die Frage ist nicht, auf was man im Einzelnen verzichtet, sondern was man hat", fügte er seinen vorherigen Erwägungen an, „und weißt du, ich habe hier alles." Nach einer Pause ergänzte er: „Hier ist die ganze Welt, und hier ist das ganze Leben. Oder glaubst du, dass an einem anderen Ort ‚mehr Welt' sei, oder ‚mehr Leben'? Wichtig ist zu sehen, dass das Leben immer ist, und dass es überall ist. Und dass es nicht an einem Ort mehr ist als an einem anderen. Wenn das klar geworden ist, brauchst du nirgends mehr hinzugehen."

Nun war ich schon viel gereist, hatte lange gesucht, um herauszufinden, wer ich bin, was das Leben

11

ist, wie ich große Spiritualität erlangen könnte, und nun sagte mir dieser Mann, der nicht einmal ein Einsiedler sein wollte, dass ich nirgends hinzugehen brauchte. Allerdings war ich auf meiner Wanderung absichtslos an diesen Ort gekommen, denn ich hatte ja aufgehört, etwas Bestimmtes zu suchen. Es schien mir nun, dass der Unterschied zwischen dem Mann und mir vielleicht gar nicht so groß war – auch er suchte nichts mehr und war damit offensichtlich im Reinen.

„Viele Menschen sind auf einer inneren Suche und wissen dabei oft nicht, was sie suchen", führte er weiter aus, „und manchmal hören sie einfach damit auf." Es war mir dabei, als würde er sich auf meine innere Lage beziehen. Vielleicht war es auch einfach ein Feld, das sich zwischen uns ausbreitete, wie die Fäden eines leichten Spinnennetzes, das ihn meine Situation spüren ließ und etwas Gemeinsames zwischen uns in der Schwebe hielt. Und in diesem Feld gäbe es nichts zu erraten, sondern es wäre einfach Rede und Gegenrede, die sich darin frei entfalten.

„Also bist du kein Einsiedler", stellte ich nun fest. – „Keiner, wie man ihn sich vorstellen mag", bestätigte Jeduschin. „Ich lebe zwar oft allein, aber ich bin nie allein. Das ist vielleicht das Besondere an meiner Lebensform. Viele Menschen sind allein, obwohl sie mit anderen Menschen zusammen sind, ja täglich zusammenleben oder miteinander arbeiten. Und andere sind eben nicht allein, trotzdem sie wenige Menschen sehen. Es ist nicht eine Frage der Anzahl Personen, die zusammen sind, und auch nicht eine solche der Intensität oder gar der Tiefe des Austausches. Im Grund ist es viel einfacher. Es geht nur darum, ob du wirklich da bist."

Jeduschin war offenbar nicht so schweigsam, wie ich zunächst dachte, und nun sprach er mich direkt an. Darauf erwiderte ich: „Aber ich bin doch da." – „Ja, so siehst du das", meinte er daraufhin, „übrigens wie die meisten Menschen. Sie glauben da zu sein, wenn sie sich im Äußeren wahrnehmen." Wieder hörte er auf zu sprechen, und wieder war ich genötigt, mir Gedanken zum Unausgesprochenen zu machen. „Also im Umkehrschluss: ich bin im Äußeren da und deshalb nicht wirklich da?" fragte ich ihn. „Nicht deshalb, sondern überhaupt", meinte er dazu. „Also, ich bin überhaupt nicht da?" – „Genau", antwortete er. Eine Bemerkung, die ich als beleidigend hätte empfinden können. Aber etwas hielt mich von einer derartigen Einschätzung zurück. Ich spürte, dass er mir damit etwas sagte; dass er mich auf etwas hinwies, das mit Worten nicht leicht zu benennen war. „Was heißt den ‚da sein'?", fragte ich ihn. „Genau", sagte er wieder. Das war zwar keine Antwort auf meine Frage, aber es wirkte, als hätte er einen Nagel in ein hartes Stück Holz eingeschlagen. Sein Wort und der Klang der Stimme verrieten äußerste Präsenz. Kein Zweifel, er war ‚da'. So also fühlte es sich an, da zu sein. Es hatte nichts mit äußerer Selbstwahrnehmung zu tun. Vielmehr schien es eine Lebenshaltung zu sein. Diese mochte auch nicht von ‚Achtsamkeit' abhängen, wie ich sie einmal geübt hatte. In einer Gruppe hatten wir uns bemüht, jede Minute, ja jeden Augenblick ‚achtsam' zu sein und alle Aufgaben bewusst zu erfüllen, doch niemand konnte über längere Zeit so aufmerksam sein. Das war aber nicht, wovon Jeduschin sprach. Viel unmittelbarer war, was mir von Jeduschin in jenem Moment entgegenkam. ‚Genau'. Ein Schlag. Was wollte ich dazu noch sagen?

Seine Worte und die ganze erste Begegnung mit Jeduschin hinterließen unauslöschliche Spuren in mir. Es war eine Mischung aus Irritation und Bewunderung, aus dem Gefühl, einem Menschen von tiefem Wissen begegnet zu sein. Er verunsicherte mich ebenso, wie er mich forderte, und beides bedingte sich wohl gegenseitig. Damit brachte er mein Selbstverständnis ins Wanken und stieß mich zugleich in eine Wahrnehmung, die mir bisher fremd war. Ich hätte nicht sagen können, dass ich früher genau das gesucht hätte, und doch fühlte ich, dass nur eine solch radikale Infragestellung und Veränderung meiner bisherigen Wahrnehmung zu etwas wirklich Neuem führen konnte. Alles, was ich schon ausprobiert hatte, lag innerhalb meiner bisherigen Weltsicht, und es brachte mich nicht wirklich weiter – und auch nicht an die Grenzen meines Selbst- und Weltbildes. Wie sollte man diesen Rahmen auch mit jenem Verständnis brechen können, das genau für diese Bilder verantwortlich war? Es musste alles von jemandem aufgerüttelt werden, der jenseits davon stand. Was mir jetzt geschah, das passierte mir ‚wider Willen' – wider mein bisheriges Denken und meine bisherige Wahrnehmung. Das war schmerzlich. Und zugleich gab es in mir eine Seite, die wusste, dass dies notwendig war. ‚Genau'.

Ich fühlte, dass das Gespräch beendet war, und ich dachte auch, meine Wanderung jetzt fortzusetzen.

14

Aber in mir sträubte sich zugleich alles, diesen gesegneten Ort zu verlassen. So standen zwei innere Stimmen gegeneinander – die angepasste, die Jeduschin nicht länger stören wollte, und die faszinierte, die nichts lieber mochte, als hier zu bleiben. Als hätte Jeduschin, der in kurzer Zeit gleichermaßen zu meinem Herausforderer und zum meinem Lehrer geworden war, meine Gedanken und auch meinen Zwiespalt wahrgenommen, sagte er kurz: „Es ist spät geworden. Solltest du hierbleiben wollen, hat es im Nebenhaus ein kleines Zimmer, in dem du übernachten kannst." Am liebsten hätte ich ihn umarmt, aber mein Respekt untersagte mir dies. So antwortete ich einfach: „Ja, gerne. Wenn ich mich erkenntlich zeigen kann, werde ich morgen bei der Gartenarbeit oder anderen Aufgaben helfen." Jeduschin sagte nichts weiter dazu und zeigte mir den Weg zum Eingang seines kleinen Gästehauses. Und dann meinte er: „In einer Stunde gibt es drüben bei mir etwas Einfaches zu essen." Ich bedankte mich für das Zimmer und das angebotene Essen, und im Gästehaus legte ich mich ermattet aufs Bett. Etwas verwundert war ich, dass das Bett frisch bereitet war, als würde jemand erwartet – obwohl doch meistens keine Gäste hier zu sein schienen. War Jeduschin einfach immer bereit für das Unerwartete? Aber war es denn noch unerwartet, wenn er sich für einen Eventualfall vorbereitete? Und so hatte ich mich wieder in Gedankengängen verloren, von denen ich doch wusste, dass sie zu nichts führten.

Für kurze Zeit schlief ich ein, und ich war froh, vor der Essenszeit wieder aufgewacht zu sein. Es gab selbstgebackenes Brot und eingelegtes Gemüse, das

Jeduschin im Olivenöl aufgewärmt hatte. Zum Nach-
tisch brachte er einige Feigen, die offensichtlich in
seinem Garten wuchsen. Er schien alles zu sein – spiritueller Mensch, Gärtner, Hauswart, Koch, Gastge-
ber, und wie mir schien, war nichts voneinander getrennt. Die Arbeiten gestaltete und erledigte er
scheinbar einfach so, wie sie zu tun waren – ohne Auf-
sehen, aber mit viel Hingabe.

Lange und ganz traumlos schlief ich nach dem Nachtessen, das wir weitgehend schweigend eingenommen hatten. Nachdem ich an diesem Morgen aufgewacht war und mich hergerichtet hatte, wusste ich nicht, was tun, und ich wollte mich Jeduschin nicht aufdrängen. So ging ich einfach in die Kapelle, die ich am Vortag zuerst betreten hatte, und worin ich mich jetzt aufzuhalten traute. Eigenartigerweise dachte ich, dass sie leer sei – es wäre mir nicht in den Sinn gekommen, dass Jeduschin hier sein könnte. Aber genau das war der Fall. Zuerst hatte ich ihn gar nicht bemerkt, denn er saß ganz hinten neben der Eingangstür, doch dann spürte ich seitlich hinter mir eine große Kraft. Als ich mich umdrehte, erschrak ich erneut über die Macht und Kraft, die von diesem Berg eines Mannes ausging. Ich setzte mich dann weiter vorne an die Seitenwand der Kapelle, in der es keine Bänke gab. Vom Boden stieg die Kühle des Morgens auf, und ich fühlte mich auch deshalb nicht sonderlich wohl. Auf was hatte ich mich da nur eingelassen? ‚Es ist nichts als eine Kapelle und ein Mensch‘, sagte mein Verstand zu mir, ‚mach dir keine Sorgen!‘ – ‚Dies ist die ultimative Begegnung deines Lebens, die dein Weltbild zerreißt und dich für immer verändert‘, sagte eine andere Stimme in mir.

Trotz meiner Emotion geschah nichts, und Jeduschin fragte nach einer Weile einfach: „Wollen wir zum Frühstück gehen – ich habe auf dich gewartet." Da fiel die vorherige Spannung von mir ab, und ich fühlte mich entlastet. Wir traten ins Freie und ich atmete die frische Luft ein. Das tat mir gut, und wir gingen zusammen zur Küche, wo wir das Frühstück wiederum schweigend einnahmen. Jeduschin schien während des Essens nicht reden zu wollen, und wenn ich eine scheue Frage stellte, überhörte er sie einfach. Nicht unhöflich, nicht zurückweisend. Es war einfach keine Energie da, die hätte antworten können, und so zerrannen auch meine Fragen wie Wasser, das zwischen Fliesen versickert.

Nach dem Morgenessen wollte ich nicht von Jeduschin weggehen. So blieb ich am Tisch sitzen, und auch er machte keine Anstalten, sich zu erheben. Es kam mir vor, als würde er dem Lauf des Lebens einfach allen Raum lassen, sodass geschehen konnte, was wollte. Er förderte nichts, und er hinderte nichts. Aber wahrscheinlich waren das zu viele Überlegungen von mir. Er war einfach da. Und gerade darin lag etwas Besonderes. Er faszinierte mich in seinem Schweigen ebenso wie in der oft rätselhaften Redeweise, die mich herausforderte. In unserem Schweigen kamen mir seine Worte über den Einsiedler wieder in den Sinn, seine Antworten auf meine Frage. Es war eigenartig: unser Gespräch vom Vorabend bestand im Grunde aus Fragen von mir und Antworten von ihm. Und dennoch schien es, dass der Verlauf des Gespräches ganz von ihm bestimmt wurde. In der Art, wie er sich gab, lag eine vollständige Unabhängigkeit. Auch hatte er bisher nie nach mir gefragt, und ich war unsicher darüber, ob er es je tun würde. Er fühlte ja, was ich dachte, und wohl waren ihm meine äußeren Lebensumstände auch nicht wichtig genug, um darüber zu sprechen. Es hätte ja auch nichts an ihnen geändert.

Die Frage nach dem Einsiedler hatte er mir noch nicht umfassend beantwortet, und so dachte ich, dass ich vielleicht mehr erfahren und verstehen würde, wenn ich mich nach dem mönchischen Element erkundigen würde, das er auch irgendwie an sich hatte. Und bevor ich meine Fragen weiter stellen konnte, merkte ich, dass es bei all meinen Erkundigungen im Grunde gar nicht um ihn ging, sondern vielmehr um mich selbst. Mit meinen Fragen wollte ich herausfinden, was es denn eigentlich mit mir und dem Leben allgemein auf sich hatte, und Jeduschin war mir ein guter Spiegel dafür. Natürlich spürte er dies, und vielleicht lag darin der Grund, dass ich mir in der Rolle des Fragenden etwas beschämt vorkam. Aber so war das Verhältnis nun einmal zwischen uns, und ich fragte nun weiter, ob Jeduschin eine Art von Mönch sei. Ob er sich wie die Mönche an etwas hingebe, das grösser sei als er. „Ich bin kein Mönch", antwortete er mir daraufhin, „selbst wenn ich etwas Mönchisches an mir haben mag." Während er sprach, erhob er sich vom Küchentisch und bedeutete mir, mit ihm nach draußen zu kommen. Offenbar fühlte er sich dort wohler als in den Räumen – die Kapelle mochte eine Ausnahme sein. Wir setzten uns wieder an den Steintisch, und sein Blick glitt über die unter uns liegende Landschaft. Es war, als würde er seine Antworten aus der Weite der Landschaft holen, oder aus der Tiefe seiner Seele und seines Lebens.

„Ich gehöre keinem Kloster an, keiner Klostergemeinschaft; nicht einmal einer Religion", sagte er daraufhin, und dann hing er seinen Gedanken nach. Seine Erwägungen schienen einem inneren Fluss zu folgen, der über ihn hinausging. „Was ist das, ein Mönch? Eine Lebensform? Einer, der sucht?" fragte er, und ich wusste nicht, ob er von mir eine Antwort erwartete, oder ob die Frage einfach zwischen uns lag und es unwichtig war, wer weiter sprach. Zugleich schien mir, als würde er mich auf etwas hinweisen, das jenseits aller Worte lag. Jeduschin kam mir vor wie ein Mönch ohne Glaubenssystem – als Mensch, der religiös war, und der sich doch nicht an die Inhalte einer bestimmten Religion band. Und es ging mir durch den Kopf, dass es doch überall auf der Welt Mönche gab, unabhängig von einer bestimmten Kultur oder ihrem jeweiligen Glauben. Das Mönchstum scheint eine menschliche Lebensform zu sein, und wenn es auf die Religion letztlich nicht ankommt, so konnte Jeduschin einfach ein Mensch von mönchischem Charakter sein.

Wie ich so neben diesem beeindruckenden Mann saß, durchzog mich eine Ahnung von der Tiefe und Weite des menschlichen Seins, die jedem Menschen zugehören, und doch, ich verstand es nicht. Schwerfällig versuchte ich, das Empfundene in Worte zu fassen: „Mir scheint, ein Mönch ist einer, der sucht, der glaubt – vielleicht an etwas Umfassendes. Von einem inneren Feuer getrieben geht er einen Weg, den er nicht kennt, und vielleicht wird er von jenen Kräften gefordert, welche unsere Welt gestalten. Auch hat er der Welt entsagt, nicht weil er sie nicht mag, wohl aber zugunsten seiner inneren Freiheit. Er hat ihr nur in jener Form entsagt, die anderen Menschen wichtig ist, der äußeren, materiellen Seite, um die Welt in einer tieferen Form wiederzugewinnen."

Meine Sätze gestalteten sich holprig, und sie konnten nicht dem gerecht werden, was ich von Jeduschin spürte.

Wie Jeduschin seinen Blick ruhig über die Landschaft schweifen ließ, da war mir wiederum, als verschmelze er mit ihr, und von beidem ging jene Kraft aus, die ich anfangs in der Kapelle gespürt hatte. Das Mönchstum – so erklärte er mir – sei eine innere Angelegenheit, die nur für gewisse Zeit eine äußere Ausdrucksform im Klosterleben gefunden habe. Das sei eine Form, die in einer sich verändernden Welt neuen Formen weichen könne, aber verschwinden würde die mönchische Spiritualität nie. Der geistige Weg sprenge nicht nur die Lebensform, sondern auch den Rahmen einzelner Religionen. Sie alle seien einfach Wege zu einem Ziel, zu einer Wahrnehmung der Welt, die einmal ein neues Bewusstsein bilden könne. Und dann sagte er nochmals: „Ich bin kein Mönch." Wie widersprüchlich das alles war. Eben sprach er über das Mönchstum, das nie verschwinden würde, und das hatte offensichtlich mit ihm zu tun – ja vielleicht mit allen Menschen. Und nun verneinte er es für sich auch gleich wieder. Lag gerade darin die Weisheit seiner Aussage? Die Art und Weise, wie er sich ausdrückte, war wiederum von unbändiger Kraft und voller Liebe zugleich. Seine Worte – so wohlwollend sie klangen – wirkten wie ein Messerhieb, der etwas in mir entzweischnitt. Er hatte mir viel mehr gesagt, als dass er kein Mönch sei, oder dass er – anders verstanden – doch einer sei. Er hatte mir mit diesem einen Satz einmal mehr mein Weltbild zerschnitten. Bisher war ich hinsichtlich der Frage nach dem Wesen des Mönches davon ausgegangen, dass jemand ein Mönch sei oder eben keiner, und dass damit ‚Mönch sein‘ und ‚Weltmensch sein‘ zwei verschiedene Dinge seien. Und nun hatte er mir klargemacht, dass solche Aufteilungen unsinnig sind, und dass das Entscheidende, worum es in dieser Welt und auch bezüglich menschlicher Einsicht geht, jenseits von solch trennendem Denken liegt. Noch einmal – wie in der Kapelle - spürte ich, dass Jeduschin etwas ganz anderes meinte, etwas viel Tieferes, Weiteres, Höheres und Urgründigeres, als wir in den üblichen Dimensionen des Auffassens vermuten. Meine Vorstellung, was ein Mönch sei, ja auch, was unsere Welt sei, war zerschlagen. So saß ich wortlos da.

Nicht mit meinem Kopf, sondern mit meinem ganzen Wesen begann ich hernach aufzunehmen, was mir Jeduschin weiter berichtete über Dinge, die mein Herz bewegten, und nach denen ich ihn doch nicht gefragt hatte. „Alles ist tiefgründiges Leben“, erklärte er mir, „und wenn wir unseren eigenen Urgrund spüren, dann spüren wir auch das Urgründige in anderen Menschen – ja den Urgrund allen Seins. Üblicherweise drehen sich die Menschen um sich selbst, und sie vermögen nicht aus diesem Kreislauf herauszutreten, weil sie zu wenig Kraft dafür haben. Das gibt ihnen ein Gefühl der Unerlöstheit, und manche spüren, dass sie sich in einem inneren Gefängnis befinden. Das Unerlöste, die Wünsche und die Neigung der Menschen, die Welt nicht anzunehmen wie sie ist, dies lässt zwischen ihnen und der Welt eine Wand entstehen. Du kannst diese Wand vielleicht bei anderen Menschen spüren, deren Mauer höher ist als deine.

Dann sagst du, sie seien gefangen und denkst, du seiest es nicht. Aber das ist nur eine Frage des Unterschiedes in der Höhe der Mauern, welche die Menschen um sich ziehen. Diese Mauer kann sich langsam aufweichen, bis sie fällt. Zum Aufweichen gehören jene Erlebnisse, in denen die Kraft einer anderen Dimension unserer Welt spürbar wird, und wovon jedes Mal ein kleines Stück auf einen übergeht. Etwas Derartiges hast du in der Kapelle erlebt. Aber glaube nicht, das sei alles. Du kannst nur so viel erleben, wie du erträgst. Du hast erst begonnen, einen Weg zu gehen, der dich zu jenem Erleben führt, wofür auch das Wort ‚groß‘ ungenügend ist.“

Ich blickte ihn fragend an und spürte in seinen Augen, dass er auf gewisse Weise ‚nicht von dieser Welt‘ war, obwohl er ein Mensch war, wie alle andern auch. Er hatte einen Blick, der weiter reichte. „Eigentlich ist das, was du und andere suchen, immer da – nur – viele bemerken es nicht. Sie können es nicht bemerken, weil sie an Dingen und Vorstellungen hängen und darin ‚das Ihre suchen‘ statt des großen Zusammenhanges.“ – „Wie werde ich denn frei von meinen Mauern“, fragte ich ihn, obwohl ich in der Kirche schon gespürt hatte, dass es um ein Geschehen geht, dem mit solchen Fragen schwerlich beizukommen ist. „Geh’ ins Ungewisse und lass dir all das abwaschen, was dein Gefängnis ausmacht. Es gibt eine Quelle, deren Wasser uns zunächst reinigt und die nachher zu unserem Lebensfluss wird. Diese Quelle sind wir selbst. Manchmal erscheint sie uns dunkel, weil wir sie nicht verstehen. Es ist unsere eigene Ganzheit, die uns abwäscht, die uns lebendig macht und die uns schließlich verbindet mit der Ganzheit allen Seins."

„Schließen sich die traditionellen Mönche deshalb von der Welt ab, weil sie gereinigt werden möchten von all dem, was sie bindet?", fragte ich ihn, um besser zu verstehen, was er mit ‚abwaschen‘ meinte. „In gewisser Weise ja", bedeutete er mir daraufhin. „Die ‚Welt draußen‘ erscheint dem suchenden Menschen als eine Ablenkung, obwohl sie es nicht wirklich ist. Du hast gesehen, dass die gleiche Kraft, die du in der Kapelle erfahren hast, in der Natur liegt. Hier gibt es keine Unterschiede. Weil wir uns aber gewohnt sind, die Welt auf eine bestimmte Weise wahrzunehmen, ist es hilfreich, sie gelegentlich für gewisse Zeit aus unseren Eindrücken fortzulassen, damit sich unsere Wahrnehmung ändern kann. Jedenfalls glauben dies die Mönche, weshalb sie sich mindestens zeitweilig von der Welt zurückziehen. Wie du siehst, habe auch ich eine ähnliche Lebensform gewählt, aber dies ist eine Frage des persönlichen Stils. Du wirst auch in Städten Menschen finden, die einen inneren Weg gehen."

Nach diesen allgemeinen Erwägungen bezog sich Jeduschin direkt auf mich: „Damit du deine Abhängigkeit von den Dingen und deinen Vorstellungen lösen kannst und dadurch in Verbindung zur großen Ganzheit gelangst, musst du alles lassen. Das kannst du tun, indem du davon weggehst – oder auch, indem du alles einfach vergisst." Wieder machte Jeduschin eine Pause und ließ mich ratlos zurück. – „Wie ist das zu verstehen?", fragte ich ihn nach einer Weile, denn ich wähnte mich in einem Widerspruch, und ich präzisierte meine Frage: „Auf der einen Seite sollten wir uns nicht mit unseren persönlichen Lebensgegebenheiten identifizieren, und auf der anderen Seite sind wir doch mit allem verbunden, was unsere Welt ausmacht?" – „So ist es", antwortete der Mann neben mir, der mir nun als großer Mönch erschien, und der doch keiner war. „Wir müssen uns von den persönlichen Angelegenheiten trennen, um das Ganze zu erkennen. Üblicherweise identifizieren sich die Menschen mit ihrem Körper sowie ihren Rollen und weiteren Verhältnissen in der Gesellschaft. So glauben sie, das zu sein, was sie in ihrem Leben vorgefunden haben, und was sich daraus mehr oder weniger zufällig entwickelt hat. Wir sind aber nicht nur dieser kleine Ausschnitt aus dem Lebensganzen; wir sind das Ganze." Wieder glitt Jeduschins Blick über die Landschaft, diesmal bis an den Horizont, wo sich Himmel und Erde in einem kleinen Wolkenband trafen, und mir war, als wäre er nun dort und nicht neben mir auf der Steinbank. Und ich fühlte, dass er nicht mehr weitersprechen wollte. Ein Schweigen breitete sich aus, das zu brechen nicht nur unhöflich, sondern unmöglich war. Lange blieb ich neben ihm sitzen, und dann erhob ich mich leise, um ihn in seiner Versenkung nicht zu stören. Er aber sagte: „Komm Mittags zum Essen, wenn du magst." Versenkung und Präsenz waren bei ihm offensichtlich nicht zwei verschiedene Dinge.

Bewegt von dem, was mir Jeduschin gesagt und bedeutet hatte, ging ich zur Kapelle. Vor dem Eingang fühlte ich aber, dass es genug der Dichte war, und dass es wohl besser wäre, dem Weg weiter ins Grüne zu folgen. So würde das Gehörte besser nachwirken und ich könnte meinen Gedanken nachhängen. Der Weg schlängelte sich nach der Kapelle in die Höhe, und meistens verlief er zwischen Gebüsch oder Bäumen, sodass sich der Blick nur selten aufs weite Meer hin öffnete. Schließlich kam ich zu einer kleinen Wiese, wovon es in dieser Gegend manche gab, und ich hörte die Bienen summen, die sich sorgfältig um die Blüten kümmerten, indem sie in die Kelche krochen, um den Honig zu holen und dabei auch die Pflanzen zu bestäuben.

Etwas später setzte ich mich an einer Wegkreuzung im Halbschatten auf einen Baumstamm, und ich dachte an die Mönche, die ich auf meinen vielen Wegen getroffen hatte. Im Kloster auf einem heiligen Berg hatten sie mit dem Klang eines rhythmisch geschlagenen Holzbrettes zur Andacht gerufen, und ich war ihnen damals in die dunkle Kirche gefolgt, worin zunächst nur einige wenige Kerzen brannten. Langsam hoben die Gesänge an und wurden mit jedem hinzugekommenen Mönch intensiver, bis die Kirche in vollem Klang hallte. Es waren keine mehrstimmigen Lieder, sondern archaische Gesänge. Über steten Basstönen lagen die einfachen Melodien, wie sie schon über Jahrhunderte an diesem Ort erklungen sein müssen. Einmal war ich auch eine ganze Nacht bei diesen Mönchen gewesen – schwarze Gestalten im dunklen Raum – und die Gesänge und Klänge waren in meine Seele gefallen, und der Kerzenschein in mein Herz. Alles verdichtete sich bis zum Morgengrauen, und als sich das erste Tageslicht in der Kuppel zeigte, verdichtete sich die Liturgie zum großen Erlösungsgesang. Und danach gab es im Öl eingelegtes lauwarmes

Gemüse und einen Schluck Wein dazu – damit auch der Leib gestärkt werde nach dem Seelenweg. Bewegt war ich damals aus diesem Kloster gegangen, das mir freundliche Gastfreundschaft gewährt hatte, nachdem man mich gefragt hatte, ob ich denn auch richtigen Glaubens sei. Dankbar war ich damals weitergezogen, an den Reben vorbei, die sich allerdings nicht um Glaubensfragen kümmerten. Und ob aus ihren Trauben schließlich Messwein würde, war ihnen einerlei. Jeduschin gehörte nicht dieser Art Mönchen an, so sehr letztere auch bemüht und verinnerlicht waren, und ich fühlte den Unterschied, auch wenn ich ihn schwerlich benennen konnte.

Auch meine Besuche von Klöstern in anderen Weltgegenden kamen mir in Erinnerung, als riefen sie danach, eingeordnet zu werden. Eingeordnet in ein allgemeines Weltverständnis, in eine Art spirituelle Landkarte, die Gültigkeit haben wollte. Und zugleich war mir klar, dass diese Dinge nicht so vermessen werden können, weil sie die übliche Art von Ordnung übersteigen und in einen Bereich münden, der sich der klaren Fassbarkeit entzieht. In einem fernen Land waren es Tempel mit geschwungenen Dächern gewesen, die mich fasziniert hatten, ganz aus Holz und ohne Nägel erstellt. Darin verkündeten Gongschläge die Tiefe des Daseins, und die fremdartigen Rezitationen erzeugten eine Stimmung, zu der es keine Einstellung geben konnte. Sie waren weder wohlklingend noch unangenehm, weder weit noch eng, weder laut noch leise – als entzögen sie sich derartigen Charakterisierungen. In besonderer Weise hatten mich tiefen dumpfen Gongschläge über einer Tempelanlage von historischem Erbe in eine Verfassung von Sammlung und Weite zugleich versetzt. Und auch hier gab es nach der Morgenandacht ein vielseitiges, wenn auch etwas fremdartiges Mahl, das nach genauen Regeln einzunehmen war. Die Weite des Geistes und die Präzision der Form schienen sich hier nicht nur zu ergänzen, sondern sich geradezu gegenseitig zu bedingen. Wie vielfältig doch die spirituellen Gestaltungen sein konnten – so vielfältig wie die Menschenvölker.

Lange verharrte ich auf dem Baumstamm – bis mir Beine und Rücken wehtaten. Das Irdische holte mich aus meinen monastischen Erinnerungen zurück, und ich fühlte, wie die damaligen Eindrücke Teil meines Lebens geworden waren, ein gewichtiger Teil. Meine Suche hatte mich schon auf viele Wege geführt, aber stets waren die Erfahrungen eingegrenzt wie von einem unsichtbaren Gartenhag. Es waren nicht die Klostermauern oder die Tempelgrenzen, welche die geistige Welt an diesen Orten von der äußeren sogenannt ‚irdischen' Welt trennten, sondern die unsichtbare Distanz, die eher wie ein Niemandsland zwischen den Welten lag. Die Unterscheidung von einer heiligen und einer profanen Welt hatte es mir aber schwer gemacht, auf meinem eigenen Weg voranzukommen, denn immer wieder stieß ich mich daran und fühlte, dass es so nicht sein konnte.

Das Besondere an der Begegnung mit Jeduschin schien mir, dass er über keine derartigen Grenzen verfügte. Da gab es zwar eine Kapelle, aber es ließ sich nicht sagen, ob sie nun ein geistiger Ort oder ein säkularer war, und es gab die Landschaft, in die sie eingebettet war. Und auch von ihr war nicht zu wissen, welchem Bereich sie nun zugehörte. Die Grenzen lösten sich hier auf, und ich fragte mich, ob es denn solche Abgrenzungen überhaupt jemals gegeben hatte, oder ob sie nicht vielmehr auf einer Illusion beruhten. Vielleicht gab es nur eine Welt, und erst der Mensch trennte sie in das Spirituelle und das Säkulare.

Mit all diesen Überlegungen ging ich langsam wieder ins kleine Anwesen zurück, wobei ich nicht wusste, ob ich dort noch länger Gast sein durfte. Vielleicht hing das aber nicht von Jeduschin ab, und auch nicht von mir. Vielleicht war es einfach das Leben, das unser Zusammensein gestaltete – solange es richtig war. Als ich zurückkam, traf ich Jeduschin inmitten der Gemüsebeete, die er sorgfältig angelegt hatte. Er steckte einzelne Pflanzen neu auf, sah sich nach dem wachsenden Gemüse und den Beeren um, und er schnitt den Salat, der fürs Mittagessen gedacht war. Dabei erkundigte ich mich, ob ich etwas helfen könne, und er wies mir ein Beet zu, das gesäubert werden sollte. Mit einer Handbewegung zeigte er in die Richtung des Gartenschuppens, wo ich das entsprechende Werkzeug finden könnte. Weitere Anweisungen gab er nicht – auch nicht, welches Werkzeug ich benutzen sollte. Selbst bezüglich solcher Details schien er dem Leben seinen Lauf zu lassen, und ich war für den Rest des Morgens ganz mir selber überlassen. Die Arbeit brachte mich zum Schwitzen, und sie entledigte mich der weiteren tiefsinnigen Gedanken, denen ich sonst so leicht nachhing.

Später rief Jeduschin mich zum Mittagessen, wofür er nebst dem Salat Gemüse mit Reis und Nüssen vermengt zu einem köstlichen Mahl bereitet hatte. So orientierten sich unsere Zusammentreffen an den Mahlzeiten – immerhin etwas, das sich in verlässlicher Ordnung gestaltete. Wie oft nahmen wir das Mahl weitgehend schweigend ein, und wir gaben dem Essen so eine stille Aufmerksamkeit. Jeduschin stellte ihm keine Worte voran, so wie das in Klöstern oft geschieht. In manchen Klöstern hatte ich während des Essens auch Lesungen gehört, auf dass man sich den geistlichen Themen widme, während der Körper das Notwendige aufnimmt. Jeduschin würdigte das gegenwärtige Essen aber einfach durch seine dankbare Aufmerksamkeit, und dafür brauchte er keine Worte, sondern nur eine Haltung, die alles würdigt. Für diesmal gab es Kaffee nach dem Essen, auch dies eine Gabe des Lebens. Mein Dank war groß, wobei sich Gewohnheit und aktuelle Erfahrung in wunderbarer Weise miteinander verbanden.

Ich hätte nicht gedacht, dass Jeduschin mich schon an diesem zweiten Tag bei ihm fragen würde, ob ich noch etwas bleiben wolle, aber er tat es. Er spürte wohl, dass ich durch die Begegnung mit ihm erschüttert worden war, und dass ich nach Wegen suchte, um aus meiner inneren Lage herauszukommen. Schon lange stand ich vor einer Wand – vor meiner Wand. Auch Jeduschin hatte sie schon einmal erwähnt und sprach vom Unerlösten. Sie hatte mein Leben bisher begleitet, und ich war parallel zu ihr gelaufen. Damit glaubte ich, mit mir und dem Leben in Frieden zu sein. Doch nun hatte ich die Begegnung mit Jeduschin, die mich aus der ruhigen Sicherheit warf, in der ich schon gut eingerichtet war. Und in dieser Verunsicherung wusste ich nun nicht mehr weiter. Es wurde mir klar, dass ich der Wand nicht mehr entlanggehen konnte, sondern dass ich sie zu überwinden hatte. Es kam mir vor, als hätten mich die Ereignisse meines bisherigen Lebens dazu gedrängt, mich dieser Wand zu stellen. Der Wand, die das Erkennen vom Nichterkennen trennt.

Vielfach hatte ich mich schon auf Neues eingelassen, und stets wurde es schwer. Es war nicht eine äußere Unfähigkeit, die mich in Schwierigkeiten brachte, sondern ein innerer Zustand, der immer wieder eintrat – jedes Mal, wenn ich dachte, über dem Berg zu sein. Wiederholt hatte ich schmerzlich erfahren müssen, dass ich nicht Herr der Lage war. Zuerst hatte ich geglaubt, es liege an momentanen Verhältnissen, und ich hatte sie jeweils geändert. Aber nach mehreren Anpassungen dieser Art musste ich erkennen, dass es nicht die äußere Situation war, an der sich die Schwierigkeit entfachte. Und ich verstand, dass anhand der jeweiligen Lebenslage etwas Inneres offenbar wurde, das es zu bewältigen galt. Gerade hier blieb mir aber keine Möglichkeit mehr, aktiv etwas zu tun. Es ging um Grundsätzliches. Es kam nicht darauf an, das Leben in Varianten zu gestalten. Vielmehr ging es um Sein oder Nichtsein. Es ging darum, wirklich vorzustoßen und alles neu zu verstehen. Auf der Wand zeigten sich die Bilder meines Lebens, aber es waren nur Bilder, und die Wand zu überwinden würde auch die Bilder verschwinden lassen. Das würde Freiheit bedeuten, so fühlte ich. Was aber wäre ein Leben ohne Wand?

In diese Gedanken versunken sah ich mich nach Jeduschin um und wollte ihm sagen, dass ich gerne bleiben würde. Er war aber nicht mehr da – er war weggegangen, weil er wohl sah, dass ich mit anderem beschäftigt war. Vielleicht dachte er auch, dass ich seiner nicht bedurfte, doch dem war nicht so. Ohne Jeduschin in meiner Nähe verdichtete sich die Stimmung, in der ich mich befunden hatte, und ich sah mich plötzlich verzweifelt vor der Wand hin und her rennen. Ich wusste wirklich nicht mehr weiter. Schon fragte ich mich, was mein Leben überhaupt für einen Sinn hätte. Und da erinnerte ich mich wieder an die Mönche in den Holztempeln im fernen Land, die ich vor einer Wand habe sitzen sehen. Offenbar gab es in ihrer Schule die Aufgabe, sich der Wand zu stellen, und jeder hatte seine eigene Wand. Um an diesen Punkt zu kommen, brauchte ich aber nicht in ein Kloster zu gehen – die gleiche Forderung erreichte mich hier in voller Strenge. Dabei steuerten meine

Lebenskräfte auf einen Bruch zu. Was geschehen würde, wusste ich nicht, und das machte mir Angst. Ich fürchtete abzustürzen und meinen Weg auch im äußeren Leben nicht mehr zu finden.

Hilfesuchend schaute ich mich nach Jeduschin um, aber er schien wie vom Erdboden verschwunden. Ich ging in den Gemüsegarten, wo er vor dem Mittag noch gearbeitet hatte, aber da war er nicht. Dann schaute ich in der Kapelle nach, doch sie war leer. In seine Klause einzutreten, erlaubte ich mir nicht, und ich hielt es auch nicht für angebracht, nach ihm zu rufen, obwohl die Fenster offen standen. Ich war sein Gast, und er war nicht da, um mir in seelischen Nöten zu helfen, und schon gar nicht zu jenem Zeitpunkt, den ich für richtig erachtete. Vielleicht war es eben gerade nicht der richtige Zeitpunkt, und ich fühlte dumpf, dass ich mich dem inneren Prozess weiter aussetzen musste. Vielleicht würde sich etwas öffnen, vielleicht würde gar die Wand einstürzen – ich wusste es nicht.

In dieser Stimmung setzte ich mich auf die Steinbank im Hof und stützte meine Arme auf den Tisch. Da war ich also vor meiner Wand und war machtlos. Nichts mehr konnte ich bewirken. Ich spürte, dass ich Größerem ausgeliefert war, dem Großen, das mein Leben ausmachte und bestimmte, ja das mein Leben war. Sich dem gegenüber in der eigenen Schwäche und Kleinheit auszuhalten, war schwer. Ich erlebte mich als nichtig. Was hatte ich schon auszurichten – bei anderen, und auch bei mir selber? Hier geschah ich mir, hier gestaltete ,das Andere' mein Leben. Ein schwer beschreibbares Gefühl erfasste mich, und es etwas lag mir auf der Brust, das ich nicht zu benennen vermochte. Meine vermeintliche Freiheit war dahin. Ich spürte die Gewalt und die Kraft jener seelischen Mächte, denen ich ausgeliefert war, die nicht ‚ich‘ waren. Ob ich in einem tieferen Sinn doch etwas mit ihnen zu tun hätte, inwieweit ich sie doch ‚war‘, das wusste ich nicht.

Um mich etwas zu bewegen erhob ich mich, und da gewann ich den Eindruck, dass neben der Schwäche auch eine Kraft war. Es kam mir vor, als sei ich ein ‚konzentrierter Geist‘, der aber ohne Inhalt war. Wie widersprüchlich! Da ging einer, und er war konzentriert, und das war nicht ‚ich‘. Er war zwar in meinem Körper, und dennoch fühlte ich mich nicht mit ihm identisch. Was ich bisher als eigene Kraft wahrgenommen hatte, das war weg. Ich konnte als das ‚Ich‘, das ich war, mein Leben nicht mehr gestalten. Und zugleich war da etwas Kraftvolles. Es war allerdings eine Kraft ohne Richtung. Ich konnte sie nicht einordnen, und sie gab mir keine ‚Macht‘. So nahm ich mich als schwach und in dieser Kraft zugleich als stark wahr, ohne über sie verfügen zu können. Ich erlitt sie, und ich war sie, und ich war sie nicht. Die Kraft verfügte vielmehr über mich, und dennoch konnte ich mich ihr nicht ausliefern. Um das zu tun, hätte ich alles lassend mich mit dem identifizieren müssen, was ‚nicht ich‘ war. Ich fühlte, dass dies heißen würde, die Wand abzubrechen, sie wegzulassen, frei zu werden auf etwas anderes hin. Dass es bedeuten würde, eine Schranke zu durchstoßen, die vielleicht gar keine war. Und zugleich war mir klar, dass nicht ich es tun konnte, sondern nur das Leben selbst.

Nach diesem inneren Geschehen verbrachte ich den Nachmittag ziemlich erschöpft in der kleinen Unterkunft, die mir Jeduschin zur Verfügung gestellt hatte. Dabei schlief ich ein – offenbar hatte mich die Konfrontation mit meinem eigenen Sein recht gefordert. Wieder aufgewacht ging ich in die Landschaft hinaus, in die ich mit Jeduschin schon oft geblickt hatte – als könnte ich dort die Antworten finden. Der Blick in die Weite hatte mir stets gut getan, und vielleicht würde ich die Weite erhaschen können, wenn ich mich nur ganz hinein begäbe. Auf meinem Pfad lockerten sich die Bäume am Wegrand, und schließlich kam ich zu einem kleinen Bach. Er führte wenig Wasser, aber doch genug, um einen Schluck vom kühlen Nass zu trinken, was mir gut tat. Als sich hinter mir ein Schatten bewegte, vermutete ich gleich, dass es Jeduschin sein könnte. Er war mir nicht gefolgt, sondern hatte einfach in der Wiese gelegen und mich kommen sehen. Es war schon merkwürdig, immer wieder diese Präsenz von ihm zu spüren, die sich im Äußeren zeigte, indem er stets da war, wenn es wichtig schien, und im Inneren, indem er wahrnahm, was in mir vorging. Ob er selbst die Wand überwunden hatte, mit der ich eben kämpfte, die mich verfolgte und forderte? Er setzte sich neben mich auf die Wiese beim kleinen Bach, und einmal mehr antwortete er mir, ohne dass ich gefragt hatte. Und wieder meinte ich etwas zu spüren, das weder ihm noch mir zugehörte, sondern das einfach da war.

„Wenn wir daran sind, unser wahres Wesen zu finden, verlassen wir das Land unserer bisherigen Identität" sagte er zu mir. „Solange wir uns innerhalb eines gewohnten und sicheren inneren und äußeren Rahmens bewegen, können wir aber keine neuen Erfahrungen machen. Dort kann alles eingeordnet werden, und wir fühlen uns in einer bewährten Weltanschauung aufgehoben, die uns Halt gibt. Innerlich Neues zu erforschen, zuzulassen und zu erfahren heißt demgegenüber, nicht zu wissen, was kommen wird – ja es heißt noch mehr: Erfahrungen zu machen, die wir nicht einordnen können. Wir verstehen sie nicht, weil sie außerhalb dessen liegen, was uns vertraut ist." Meinte er den Zustand, der sich ergibt, wenn die Wand bewältigt ist, wenn es sie also nicht mehr gibt? Den Blick in die Ferne gerichtet sprach er weiter: „Jede wirklich neue Erfahrung sprengt den Rahmen unseres Bewusstseins. Sie bringt uns in einen Zustand der Orientierungslosigkeit. Wir werden hilflos und können nicht erspüren, was zu tun ist."

Das hatte ich vor meiner Wand erfahren, und noch immer war es mein Zustand. „Wenn wir nichts mehr zu tun vermögen, was ist dann?", fragte ich ihn, „wie soll ich mich dann verhalten?" Ich wollte mehr wissen, und zugleich hatte ich Angst, dass Jeduschin mich weiter in diese Stimmung hineinstoßen könnte, die mir so schmerzlich entgegen gekommen war. Wieder fühlte ich mich gespalten – in einen Teil, der litt, und einen, der wissen wollte – ja der vielleicht schon wusste, ohne es wirklich benennen zu können. „Es gibt gar nichts zu tun. Wir glauben aber, dass wir etwas tun sollten oder könnten, um möglichst schnell aus dem Zustand der Verwirrung herauszukommen. In unseren alten Bahnen vermögen wir uns nicht mehr zu bewegen, wenngleich wir uns noch lange danach sehnen, und neue kennen wir noch keine. Wir möchten zurück, und zugleich ist uns alles, was wir bisher auf dem inneren Weg unternommen haben, nicht mehr wichtig. Manche erinnern sich in dieser Phase gar nicht mehr an ihre bisherigen inneren Schritte – es ist gleichsam, als hätten sie diese nie getan." Trotz diesen wohlmeinenden Erklärungen hatte ich das Gefühl, dass Jeduschin mich weiter in meiner verzehrenden Situation beließ und nicht gewillt war, mir ein Trostpflaster aufzulegen. Wie gerne hätte ich warme, freundliche, menschliche Zuwendung von ihm bekommen, vielleicht einen liebevollen Blick oder einen Arm um meine Schulter – aber nichts dergleichen geschah. Doch ich fühlte auch, dass seine Liebe gerade darin bestand, mir nichts abzunehmen, sondern mich an den Punkt zu begleiten, wo sich selber etwas wenden konnte, wo meine Weltsicht sich verändern könnte und ich vielleicht die ersehnte Freiheit gewinnen würde.

Und tatsächlich schien mich Jeduschin trösten zu wollen, indem er von einem Zustand sprach, der gewonnen werden könne: „In der Schwierigkeit kann schließlich ein neuer innerer Boden wachsen, der auf tiefer Erkenntnis beruht und einem innere Ruhe und Gelassenheit schenkt. Man erfährt sich als zentriert und in der Fülle der eigenen Existenz aufgehoben. Diese innere Basis ist ganz und gar unabhängig von Anerkennung und Wertschätzung durch andere Menschen, denn sie gibt einen Halt, der in sich selber gegründet ist. Die innere Verankerung wächst uns im Stillen zu, wenn wir nur lange genug aushalten, uns nicht selber erlösen zu wollen, sondern alles innere

Geschehen gewähren lassen, um zu dem zu werden, was wir sind. Wir sind nicht, was wir sein möchten. Wir sind. Dieses Sein ist unser tiefes Wesen. Nach einer Zeit der Suche mit ihren Gefühlen von Unsicherheit und Verlorenheit entwickelt sich das Gegenteil: Sicherheit und Geborgenheit. Es ist aber keine Geborgenheit in ‚etwas‘, sondern eher das Gefühl eines grundlosen Aufgehobenseins." Viel hatte mir Jeduschin nun erklärt, und doch war es kein Vortrag, den er mir hielt. Wie immer wirkten seine Worte eher wie eine Selbstreflexion, wie Gedanken, die er nicht mir mitteilte, sondern sich selbst, oder der Welt, oder allen Menschen. So konnte ich mich angesprochen fühlen, ohne dass ich direkt gemeint war.

Jeduschin schwieg längere Zeit, und dann sprach er weiter über diesen Prozess: „Wenn du an diesem Punkt angelangt bist, dann gibt es nichts mehr zu tun, nichts mehr zu sagen, nichts zu fordern oder zu wünschen, und auch nichts zu verteidigen. Hier an diesem Ort, da sind die Dinge, wie sie sind. Sie sind einfach. Natürlich handeln wir weiter, als Menschen, die sich in der Außenwelt bewegen. Aber wir sind davon im Tiefen nicht mehr bewegt. Nicht fehlende Anteilnahme ist es, die uns unbewegt erscheinen lässt, sondern die Wahrnehmung des tiefen inneren Seins, das stets unbewegt ist. Es verhält sich damit wie mit der Tiefe des Meeres, die vom Wellengang nicht berührt wird, selbst wenn es an der Oberfläche stürmt. Was wir sind, wird durch das, was geschieht, nicht verändert. Das Unbewegte ist das Beständige, das uns auf der Erde und im Leben trägt. Auf diesem Boden stehend können wir die Dinge lassen, wie sie sind." Es hörte sich ganz einfach an, wie Jeduschin dies schilderte, und doch schien es mir ein fast unmögliches Unterfangen, dahin zu gelangen. Ich war gewohnt, mein Leben zu gestalten, und auch wenn ich meine Ziele oft nicht erreichte, glaubte ich doch daran, den Lebensfluss bestimmen zu können. Diesbezüglich war ich nun zwar an meine Grenzen gelangt, aber ganz aufgeben mochte ich meine bisherige Lebenseinstellung nicht. Was wäre dann, wenn ich nichts mehr wollte? Wenn ich keinen Willen mehr hätte, der etwas bewirken würde? Und Jeduschin fuhr nochmals fort: „Es heißt nicht, dass wir nichts mehr machen würden auf dieser Welt – es geht hier nicht um eine fatalistische Lebenshaltung. Aber es heißt, dass im Handeln gleichzeitig der unbewegte Grund spürbar ist. Oder vielleicht präziser ausgedrückt: Es ist nicht mehr du, der handelt, sondern der tiefe Lebensgrund."

Nun schwieg Jeduschin, und mir war, als hätte ein erfüllender Klang zur Stille gefunden – ein Klang des Verstehens, der nun zu einem Klang des Schweigens wurde. Es war der Urgrund, der gesprochen hatte, und es war der gleiche Urgrund, der sich nun als das unbewegte Schweigen zeigte. Jeduschins Sprechen und Schweigen fielen in eins zusammen, und ich konnte keinen wirklichen Unterschied mehr feststellen. Vielleicht fühlte ich gar etwas, das Klang und Stille überstieg. Ich hörte die Stimme der Grillen in der Wiese und das Rauschen des Baches im Tobel. Und wir sahen beide über die Weite der Landschaft und bis zum Meer hinaus. Und da war die Grenzenlosigkeit des Seins, an der Jeduschin Anteil hatte – und vielleicht auch ich. Nichts Weiteres gab es in diesem

Moment zu sagen, zu fragen oder zu bereden Da war einfach dieses eine, immer gleiche und immerwährende Dasein.

Noch einige Zeit blieben wir zusammen sitzen, bis sich Jeduschin schließlich erhob und langsam zum Haus ging. Es war Abend geworden, und ich dachte, dass er wohl wieder ein Mahl bereiten würde, aber ich traute mich nicht, ihn danach zu fragen. So ging ich einfach in meine Klause, legte mich aufs Bett, und unversehens war ich eingeschlafen. Die ganzen Prozesse und die Begegnungen mit Jeduschin waren ermüdend – in einer guten Weise, denn beides forderte mich, aber es schien, als gäbe es kaum eine Pause. Mit den inneren Wegen verhielt es sich offenbar nicht so wie mit den äußeren – wie mit einer Wanderung etwa, wo es immer wieder Möglichkeiten zur Rast gibt. An einem schönen Aussichtsplatz etwa, oder bei einer der kleinen Gaststuben, wie sie gelegentlich am Wegrand stehen. Auf meinem inneren Weg war mir, als müsste ich immer weiter vorangehen – bis ich vielleicht an einen Ort gelangen würde, wo ich mich nicht nur ausruhen, sondern niederlassen könnte.

Als ich spät nachts wieder aufwachte, verspürte ich Hunger. Der Körper verlangte nach Nahrung, und diese konnte mir auch den Boden geben, der mir im Inneren gerade weitgehend fehlte. So ging ich zu Jeduschins kleinem Haus und zur ebenerdigen Küche, wo ich etwas zu finden hoffte. Ich wusste zwar nicht, ob es erlaubt war, dort nach etwas Essbarem zu suchen, aber mein Hunger kümmerte sich nicht darum. Und ich hatte auch gesehen, dass Jeduschin sein Haus nie abschloss. Wohl hatte er keine großen Schätze da, und es kamen auch wenige Wanderer vorbei, worunter sicherlich keine übelmeinenden Menschen. Dafür war seine Klause zu abgelegen, und nur einige der entfernten Nachbarn wussten wohl, wo sie lag. Der Weg war nicht ausgeschildert und auch nur breit genug für einen Esel mit seinem Karren. Dass es in der Gegend Esel gab, war offensichtlich, denn vor allem abends waren sie aus den Gehöften im Tal zu hören. Sicherlich hatten sie auch Jeduschin schon geholfen, das Notwendige in sein Anwesen zu bringen. Alles wirkte auf mich real und doch auch irgendwie verklärt, und ich konnte mir nicht vorstellen, dass jemand in übler Gesinnung zum Anwesen käme. Und geschähe es, so stellte ich mir etwas romantisch vor, dass ein solcher Mensch von der Atmosphäre hier derart berührt würde, dass er von einem allfällig unguten Ansinnen absähe und sich statt dessen der Stille hingäbe und dabei Frieden finden würde. Für die Art Frieden, wie er hier herrschte, brauchte es keine materiellen Güter, nur die weite Aussicht und den Klang der Zikaden, die vom kommenden Sommer zeugten.

Wie ich zum Haus kam, sah ich auf dem Steintisch im Hof ein kleines Nachtmahl bereitet. Nachdem ich nicht zum Essen gekommen war, hatte Jeduschin mich nicht gesucht oder gerufen, sondern mir einfach etwas übrig gelassen, damit ich nicht Hunger litte während der Nacht. Auf einem Teller lag Brot mit einigen Früchten, und ein Glas Wasser stand dabei. Hungrig schmeckte mir das einfache Essen wunderbar, und ich war dankbar für die freundschaftliche Geste, die ich in seiner Gabe spürte. Wie gerne wollte ich noch etwas hier bleiben! Ich fühlte, dass ich an diesem Ort wachsen könnte, gerade durch die inneren Herausforderungen, die sich mir hier stellten. Im Haus war es schon dunkel – offenbar hatte sich Jeduschin schlafen gelegt, und ich zweifelte nicht daran, dass er einen guten Schlaf hatte. So ging ich nach dem Essen zurück in meine Klause, und ich dachte Jeduschin zu fragen, was ich ihm geben könnte. Im Tiefen wusste ich aber auch, dass es nichts sein würde, denn er hatte alles.

In dieser Nacht schlief ich wenig. Viele Fragen beschäftigten mich, die mir den Schlaf raubten. Und die zentrale Frage war: ‚Wenn nichts mehr ist, wenn man sich an nichts mehr festhalten kann, was ist dann?' Lange hatte ich mich an meine sozialen Rollen und die sich daraus ergebende Identität gehalten, und ich glaubte zu wissen, wer ich war. Aber all dies erwies sich nun als Spiel. Und auf dem geistigen Weg hatte ich nach dem Hellen gesucht, nach großer Befreiung. Aber auch dies stellte sich als Illusion heraus. Meine Kraft hatte ich verloren, und mit ihr meinen Halt und meinen Glauben. Und es blieb – Nichts. Dies war der Zustand, zu dem ich gelangt war, wohin mich Jeduschin gebracht hatte. Vielleicht war es aber auch nicht Jeduschin, der mich dahin geführt hatte, sondern mein Leben selbst. Zur Wand, vor der ich so lange gestanden hatte. Das Leben konnte auch ein Meister sein, der alles wegstößt, woran man sich halten will. Manch äußerer Rahmen mag zwar bleiben, aber dessen Inhalt wird ausgehöhlt und leer.

Nun stand ich wieder vor meiner Wand – mit leeren Händen. Es fühlte sich an, als hätte ich eine Aufgabe zu bewältigen, wofür es keinerlei Anleitung oder Hilfestellung gab. Und es gab auch keinen Ausweg – kein Vorwärts und kein Rückwärts. So ausgeliefert begegnete ich nun all meinen verschiedenen Seiten, die sich in Bedürfnissen, Wünschen und Anhänglichkeiten ausdrückten. Sie hatten mein Leben geprägt und mich immer wieder in die Äußerlichkeit gezogen. Es gab sie seit je – sie waren nicht von mir geschaffen – und ich spürte, wie ich ihnen ausgeliefert war, und dass sie mich unfrei machten. Wenngleich viele Menschen die Verwirklichung solcher Bedürfnisse ,Selbstverwirklichung' nennen würden, so hatte mich das Leben doch in eine Lage gebracht, wo ich dies nicht mehr so sehen konnte. Meine verschiedenen Bedürfnisse widersprachen sich, ja sie schlossen sich gegenseitig aus. Und zwischen ihnen entwickelte sich nun ein innerer Kampf, zu dem ich nichts beizutragen hatte. Ich konnte weder für die eine noch für die andere Seite Partei ergreifen. Es fühlte sich an, als wäre ich zwischen verschiedenen Polen aufgespannt, denen ich in keiner Weise entrinnen konnte. Dunkelheit und Verzweiflung griff um mich, und nichts war mehr da, was mir Halt hätte geben können. So blieb mir nichts anderes, als alles aufzugeben, auch alle meine Anhaftungen und Ansichten. Das ließ mich ins Bodenlose fallen, und es war, als bräche meine Seele auseinander. Alle Energie war weg. Ein kleiner Tod.

Lange verblieb ich in einem Zustand völliger Leere, doch eigenartigerweise spürte ich nach einiger Zeit genau darin jene Kräfte, die unser Leben ausmachen – die Kräfte, die Sterben und Leben vereinen. Schließlich klang dieser Zustand ab, und ich gewann schrittweise wieder etwas Kraft. Das ermöglichte mir, nach draußen zu gehen, wo ich für längere Zeit auf der kleinen Holzbank vor dem Gästehaus saß. Dabei zeigte sich am Himmel ein erster Schimmer des Tageslichts, als würde mich der neue Tag ins Leben zurückrufen. In dieser Entspannung dachte ich an Jeduschin, und dass ich nicht auf die Idee gekommen war, ihn um Hilfe zu rufen. Im Innern schien ich aber auch gewusst zu haben, dass ich diesen Weg ganz alleine zu gehen hatte. Nun hatte ich realisiert, dass kein Mensch so eindeutig ist, wie er sich fühlen mag, und dass innerer Friede erst entsteht, wenn seine verschiedenen Seiten zu einer Einheit geworden sind. Müde und erschöpft kehrte ich ins Gästehaus zurück und fiel nach all dem Erlebten und Durchgestandenen in tiefen Schlaf.

Leise klopfte es an die Fensterscheibe, was mich erwachen ließ, und die Sonne schien schon hell ins Zimmer. Jeduschin stand draußen und wollte nach mir sehen. Ich war nicht zum Morgenessen gekommen, und er musste sich wohl Sorgen gemacht haben um mich. Es wäre aber auch eine grobe Unterschätzung von Jeduschins Fähigkeiten gewesen, zu denken, dass er nicht gespürt hätte, was vorgefallen war. „Ich war die ganze Nacht bei Dir", sagte er leise, ohne einen eigentlichen Morgengruß. Von solch konventionellen Umgangsformen war er frei, und in dieser besonderen Situation wäre eine Begrüßung auch nicht angebracht gewesen. „Du warst hier, und hast nichts gesagt!" entfuhr es mir etwas vorwurfsvoll. – „Einen solchen Weg kann man nur allein gehen", antwortete er milde, „aber vielleicht ist es gut, wenn jemand in der Nähe ist." – „Und wo bist du denn gewesen", fragte ich ihn, denn ich wollte es genau wissen. – Gleich an der Hauswand beim Fenster", meinte er, „und als du herauskamst musste ich schauen, dass du nicht über mich stolpertest." Von all dem hatte ich nichts bemerkt, aber es berührte mich tief, dass Jeduschin gespürt und erkannt hatte, was in mir vor sich ging. Er war hier und hätte mich wohl auffangen können, wenn ich den Boden ganz verloren hätte. Er musste eine Empfindung dafür haben, wenn Menschen auf dem Weg zu seelischer Ganzheit in schwierigen Prozessen stecken. Sicher hätte er mich in die Welt zurückgeholt, wie sie sich normalerweise darstellt. Aber das hätte für mich auch ein Verlust an innerer Klärung und Entwicklung bedeutet, und so war es richtig, dass er mich auf diesem Weg so weit wie nur möglich allein gehen ließ. „Du bist müde, aber es ist in Ordnung, wie es war", sagte er daraufhin anteilnehmend. „Ruhe Dich weiter aus. Etwas Frühstück findest du auf dem steinernen Tisch im Hof."

In dieser Nacht begann ich zu verstehen, dass in uns Kräfte angelegt sind, die uns bei weitem übersteigen. In der Abgründigkeit der Seele fühlte ich die Kräfte des Lebens, die erschaffenden und die vernichtenden Kräfte. Und jeder Mensch würde diese Abgründigkeit in sich tragen. Von hier würde das Leiden kommen, aber auch alle Kraft des Lebens. Und da war der Eindruck, dass dieser seelische Bereich beim Menschen üblicherweise durch eine weitgehend undurchlässige Schicht vom Tagesbewusstsein und dem ‚normalen' Erleben der Welt getrennt war.

Trotzdem ich meine Suche aufgegeben hatte, war der Wunsch ‚zu wissen' offenbar tief in meiner Seele geblieben und hatte mich an den Rand des seelisch Zumutbaren getrieben. Und es gehörte wohl dazu, dass ich dafür an einen Ort kommen musste, wo einer war, der von all diesen Dingen wusste. Jeduschin kannte sich zweifellos in den Tiefen der menschlichen Existenz aus, und ich dachte, dass seine Anwesenheit wohl den ganzen Prozess erst ermöglicht hatte. Der Weg war eine Gratwanderung. Aber letztlich waren es immer schon leitende Kräfte gewesen, die mein Leben arrangierten. Und ich dachte, dass wir diese Kräfte nicht verstehen können, solange wir in der persönlichen Lebensgeschichte verharren und sich unsere Suche nur auf die individuellen Verhältnisse bezieht. Diese Kräfte führen uns weiter und können uns veranlassen, einen geistigen Weg zu gehen.

Nachdem ich etwas Weniges von Jeduschins Frühstücksplatte zu mir genommen hatte, entschied ich mich für einen längeren Spaziergang und stieg die nahe Anhöhe hinauf. Der Weg führte über manche Kurven und Schlaufen durch Waldstücke, die immer wieder von Wiesen und auch von Feldern unterbrochen waren. Offensichtlich hatten die Bauern einige Felder angelegt, um auch auf dem Hügelzug Weizen säen und ernten zu können. Wie immer auf solchen Wegen wechselte mein Blick von der Nähe in die Ferne und wieder zurück. Unten lag das Meer in seiner Weite und Größe, dazwischen waren die Wälder und die von Menschenhand geschaffenen Felder, und darüber weitete sich der blaue Himmel in seiner Unfassbarkeit. Es war mir, als würde die Menschenwelt zwischen der unendlichen Tiefe des Meeres und der unfassbaren Höhe des Himmels angesiedelt sein – überschaubar und für den Menschen in einer erträglicher Dimension. Auf der Anhöhe angekommen gelangte ich auf eine weite Wiese, welche die ganze Kuppe bedeckte und die Sicht in viele Richtungen freigab. Ein warmer Wind wehte darüber und gab dem Ort einen Charakter verhaltener Schönheit.

Ich fühlte, dass in mir eine neue Freiheit wuchs. Lange war es mir ein Anliegen, das Leben auszukosten, es gut zu organisieren und es möglichst zu intensivieren – welche Anstrengung. Aber das war nun nicht mehr notwendig. Im Loslassen konnte das Unverkrampfte wachsen. Entspannt stellten sich die Verhältnisse nun in einer stilleren Art dar. Nichts musste mehr verändert werden – Ruhe und Frieden kehrten ein. Es war mir, als wäre ich in eine neue Le-

bensform eingetreten. Es erübrigte sich, stets etwas
erreichen zu wollen, denn alles war schon da. Es gab
nichts mehr zu gewinnen, das nicht schon vor meinen
Füßen lag. Da war auch kein Ehrgeiz mehr. Es war
mir nun klar, dass alle Dinge zu ihrer Zeit kommen,
und dass es nicht meine Aufgabe war, dafür zu sorgen.
Nach der dunklen Nacht zeigte sich nun ein Friede,
der im Inneren lag. Meine Vorstellungen über ein
gutes Leben waren weggefallen und die Dinge konnten nun geschehen, wie sie wollten, denn die Bedeutung von vielem war nicht mehr dieselbe wie vordem.
Anstelle der früheren persönlichen Bedürfnisse trat
ein größeres Geschehen. Ohne etwas zu wollen, konnte ich nun gehen, wohin mir beliebte, und ich war
offen, für was sich ereignete. Eigenartig – in wie kurzer Zeit sich dieser innere Wandel vollzogen hatte.
Neues war entstanden, das ich aber nicht wirklich
einzuordnen vermochte. So wuchs in mir das Bedürfnis, das Geschehen mit Jeduschin zu besprechen und
zu hören, was er davon hielt. Ich war mir sicher, dass
er genau erkannte, worum es ging, und dass er über
ähnliche Erfahrungen verfügte. Wohl war es schon
lange her, dass er durch dieses Seelental gegangen
war, aber er würde es nicht vergessen haben, so wie es
mir undenkbar schien, diese Nacht einmal aus der
Erinnerung zu verlieren.

Nach einer dichten und stillen Zeit auf der Wiese
machte ich mich auf den Weg zurück zum kleinen
Anwesen, das ich nicht ‚Einsiedelei‘ nennen mochte,
obwohl diese Bezeichnung auch nicht falsch war. Das
kleine Gehöft war eine Eremitage und zugleich auch
nicht – sein Charakter lag jenseits solcher Begrifflich-

keiten. Es verhielt sich damit nicht anders, als wie mit Jeduschin selbst – auch er konnte nicht in solche Kategorien eingeordnet werden. Als seine kleine Kirche auf dem Rückweg in meine Sichtweite kam, wurde mir warm ums Herz, aber es war keine liebliche Wärme. Es war eher wie die Wärme der südlichen Mittagssonne, die alles zum Stillstand bringt – auch die Neigung, sich kluge Gedanken zu machen. Alles, was geschehen war, überstieg meinen Verstand, und es bleib ein Gefühl zurück, das ich in seiner Vielfalt nicht hätte beschreiben können. Ich schaute in der Kapelle nach, ob Jeduschin da wäre, aber hier war er nicht. Wie stets war sie nicht in jener Art leer, wie man sich einen Raum vorstellt, in welchem es keine Möbel hat, und der nach einer Einrichtung ruft. Sie war leer und erfüllt gleichermaßen, und jeder weitere Gegenstand nebst der Schale in der Apsis und dem Tuch wäre zuviel gewesen. So musste es sich auch mit der menschlichen Seele verhalten, wenn sie erfüllt ist. Es braucht nichts und es passt nichts hinein außer jenem Geist, der alles ausfüllt. So erschien mir die Kapelle auch wie ein Spiegel oder das Abbild eines erfüllten Seins. Und von Jeduschin gestaltet konnte es sich damit auch nicht anders verhalten.

In solchen Gedanken versunken ging ich weiter zu Jeduschins Haus, wo er friedlich auf der Steinbank saß. Fast sah es aus, als würde er ein Buch lesen, aber ich hatte ihn diese Tage noch nie ein Buch in Händen halten sehen, und ich war unsicher, ob er überhaupt Bücher in seinem Hause hatte. Er war kein Mensch der Buchweisheiten, sondern vielmehr einer des praktischen Lebens, und eher hätte ich mir vorstellen können, dass er selber Bücher schreiben würde – soviel tiefes Wissen hatte er. Aber wie er mir später sagte, hatte er nie ein Buch geschrieben. Seine Auffassung ging dahin, dass das Leben stets gegenwärtig stattfindet, und dass alles Niedergeschriebene eine Art Konserve sei – nicht mehr lebendig. Damit mochte er recht haben, aber es war nach meiner Vorstellung doch nicht auszuschließen, dass niedergeschriebenes Wissen auch in geistigen Bereichen für Lernende oder suchende Menschen von Nutzen sein könnte. Er aber sagte mir einmal dazu, dass je schneller jemand zu wirklichem Wissen gelange, desto besser sei dies. Bücher könnten dazu nicht verhelfen. Immer würden Buchweisheiten hinter der Wirklichkeit herhinken, und sie vermöchten diese nie einzuholen. Demgegenüber sei wesentlich, ganz präsent zu leben – unabhängig von geistigen Lehren, die ohnehin alle überwunden werden müssten.

Wie ich dann zum Steintisch kam, begrüßte ich Jeduschin in meiner gewohnten Haltung von Ehrfurcht und Ehrerbietung. Und ich hoffte, dass er mir Anhaltspunkte geben würde zum Verständnis all dessen, was mir widerfahren war. Wie mir schien, war er aber nicht geneigt, darauf einzugehen. Er fragte mich aber, ob ich ihn auf dem Weg zum Meer begleiten wolle, wo er einen Acker hatte, nach dem er sehen wollte. Der Weg dahin sei nicht eben, sondern sehr steinig, sagte er noch dazu, und es würde einige Zeit dauern, bis wir ganz unten wären, und noch länger ginge der Aufstieg. Alles in allem wäre es ein recht großer Ausflug, und er fragte mich, ob ich nicht zu müde dafür wäre. Damit hatte er zwar nicht unrecht, aber es schien mir eine wunderbare Gelegenheit, länger mit ihm zusammen zu sein und dann doch besprechen zu können, was mich bewegte. Wie weit er sich darauf einlassen würde, war allerdings ungewiss, doch sagte ich gerne zu. Wir füllten zwei Wasserflaschen und verstauten sie zusammen mit einigen Esswaren im Rucksack. Als wir losgingen, nahm er den Sack wie selbstverständlich auf seine Schultern, obwohl ich der Jüngere war. Jeduschin war geschmeidig und kräftig, und er wirkte zeitlos auf mich – er hätte fünfzig sein können, oder auch achtzig – ich vermochte es nicht zu sagen. Sicherlich hatte er aber schon viele prägende Lebensjahre verbracht. Vor seiner Klausenzeit hatte er wohl einen anderen Lebensstil gehabt, vielleicht mit Familie und Beruf, aber den hatte er offensichtlich hinter sich gelassen. Es mochte keine Flucht gewesen sein, die ihn ins Anwesen geführt hatte; wohl eher war für ihn die Zeit der allgemein üblichen Lebensformen abgelaufen. Doch ich fragte ihn nicht danach, denn ich glaubte, dass er mir darauf keine Antwort geben würde. Zu sehr schien er in der Gegenwart verankert, und er behielt auch jederzeit den Gesprächsverlauf in seinen Händen. Wenn einmal, dann würde er mir vielleicht später aus eigenem Antrieb von seinem früheren Leben erzählen.

Lange gingen wir den Berg hinunter, ohne dass er ein Wort gesagt hätte. Es war still um ihn her, so wie die Landschaft still war in der beginnenden Mittagszeit. Die Bauern, die es in der Gegend gab, waren wohl in ihre Häuser zurückgekehrt, wo für sie ein Mittagessen auf dem Tisch dampfen mochte, das sie für die weitere Arbeit auf Feld und Acker nährte.

„Auch ich suchte nach geistiger Erkenntnis", begann Jeduschin tatsächlich von sich zu sprechen. „Ich war getrieben, darin immer weiter zu gehen. Und einmal ergriff es mich." Damit meinte er offensichtlich etwas sehr Einschneidendes und Ernstes. „Seither ist da eine große Kraft", fuhr er fort, „es ist die Kraft schlechthin, die sich mir als eine Energie darstellt, die hell und dunkel zugleich ist, anziehend und bedrohlich." Das hatte ich ja eben selbst erlebt, und nun sprach Jeduschin genau davon. Und er fuhr fort: „Sie ließ mich ahnen, und sie ließ mich leiden. Und sie ließ mich nicht mehr los. Oft brachte sie mich an die Grenze dessen, was ich ertragen zu können glaubte. Sie zwang mich in das Leben hinein und gleichermaßen in fordernde innere Auseinandersetzungen. Dabei dachte ich, dass dies dazu dienen würde, diese Kraft zu erkennen. Heute meine ich, dass solche Überlegungen eine Art Philosophie sind, aber damals glaubte ich an Sinngebungen." – „Und was war und ist diese Kraft in deinem Erleben?" fragte ich nach. – „Man kann sagen, dass diese Kraft unser aller Leben gestaltet. Solange wir uns ihrer aber nicht direkt bewusst sind, glauben wir, dass wir von äußeren Umständen umhergetrieben würden. Und solange dies so erlebt wird, kann diese Kraft nicht erkannt werden." Da gingen wir diesen steinigen Weg zum Meer hinunter, und ich dachte, dass es auch diese Kraft war, die uns auf unserem Weg gehen ließ. Und dass sie es war, die mich mit Jeduschin zusammengeführt hatte – und auch ihn mit mir. Ob die Begegnung auch für ihn von Bedeutung war? Das war ein neuer Gedanke, der mir da kam. Aber den Dingen eine Bedeutung zu geben, ist

Menschenwerk und nicht die urtümliche Kraft, von der Jeduschin sprach, und die ich selber kennen gelernt hatte. So legte ich diesen Gedanken beiseite, so wie Jeduschin vielleicht eines Tages seine Bücher weggelegt hatte.

„Es ist für den menschlichen Geist bedrohlich und erschütternd, dieser Kraft in ihrer formlosen Gestalt direkt zu begegnen", fuhr er fort. Da sei etwas, von dem wir nicht sagen könnten, was es wäre, und es erschüttere und sprenge unseren Geist. „Manche Leute brauchen Jahre, um solche Erfahrungen zu bewältigen, und ich weiß nicht, wie lange es bei dir dauern wird", fügte er an. Das war mir nun weniger erfreulich, denn ich wollte nicht längerfristig in einem Zustand zwischen Verwirrung und aufkeimendem Wissen bleiben. Aber – so dachte ich – war mein Wille hier wohl nicht gefragt und auch nicht relevant. Und weiter erklärte Jeduschin: „Die Erlebnisse, die wir machen, sind Ausdruck des Ungeformten. Solange wir uns aber in der äußeren Welt wähnen, orientieren wir uns am menschlichen Zusammenhalt. Unsere ersten tiefen Erfahrungen machen wir auch noch in den Formen gewöhnlicher menschlicher und weltlicher Ereignisse. Sie sind noch eingepackt in die ‚Gestalt der Welt'. Wir erfahren aber schon hier, dass oben und unten, hell und dunkel, ungeteilt sind. Spätere Erfahrungen sind formloser – man begegnet einfach einer tiefen Kraft, die sowohl als leicht wie gleichzeitig als schwer erlebt werden kann. Auch wir Menschen sind solcherart von doppelter Natur, hell und dunkel zugleich. Solche Unterscheidungen treffen dabei nicht unser Wesen, sondern dienen nur der

Orientierung. Sie ermöglichen uns auch das auszugrenzen, was wir nicht ertragen können."

Beinahe wäre ich über einen großen Stein auf dem Weg gestolpert, weil ich mehr auf Jeduschins Worte als auf den Weg achtete. Und dies passte zu seinen Hinweisen. Versuchte nicht auch ich, manches auf andere abzuwälzen und die Schuld entsprechend zu verteilen? Selbst ein Stein konnte die Schuld an einem Fehltritt tragen, lag es doch an ihm und nicht an meiner fehlenden Aufmerksamkeit, dass ich fast stürzte. Und nicht nur bei Steinen war es so, denn auch im Umgang mit Menschen ist es leicht, ihr vermeintliches Unvermögen als Grund für gemeinsame Schwierigkeiten auszumachen. Jeduschin setzte dann nicht nur seine Ausführungen, sondern auch meine Gedanken fort: „Auch in menschlichen Beziehungen gibt es Ausgrenzungen, wenn gewisse Aspekte davon nicht akzeptiert werden. Beziehungen beinhalten wie alles Leben auch Leiden, zusammen mit der Freude, die sie bringen mögen. Jeder Schritt zu Nähe, Freude und Kontakt, ist zugleich ein solcher zu Abhängigkeit, Bindung und eventuell Verletzung des anderen oder anderer Menschen. Und auch in ihrem steten Wandel können Beziehungen nebst neuen Möglichkeiten auch Schmerz über den Verlust von Liebgewonnenem beinhalten." Im Grunde wunderte ich mich, dass Jeduschin so ausführlich über zwischenmenschliche Beziehungen sprach – hatte ich doch den Eindruck, dass er in seinen Kontakten wenig gebunden war. Eigentlich konnte ich mir gar nicht vorstellen, dass er je in einer festen Beziehung gelebt hatte oder gar leben würde. Vielleicht hatte er das zwar durchaus getan, doch schien mir, dass er nun darüber hinausgewachsen war – jedenfalls über die Definition von Beziehungen in bestimmten Mustern, wie sie in der Gesellschaft nun einmal üblich sind. Vielleicht nahm er die Beziehung in unserem Gespräch aber auch einfach als Beispiel für etwas Grundsätzliches. Und wie oft wusste ich dabei nicht, ob er eigentlich zu mir sprach, oder ob er vielmehr seinen eigenen Gedanken nachhing.

Fast verträumt folgte er seinem weiteren Gedankenfluss – gerade so, wie auch der kleine Bach seinen Weg neben uns nahm, der sich inzwischen zu uns gesellt hatte, und Jeduschin schlug dabei den Bogen von der hell-dunklen Einheit zur zeitlichen Einheit: „Jede Veränderung von Altem bedeutet eine Zerstörung von Gewachsenem und ist zugleich schon das Neue. Es verhält sich wie mit den zwei Seiten einer Medaille: Keine Münze kann nur eine Seite haben, sonst existiert sie nicht. Indem das Alte sich verändert, ist das Neue schon da. Dieses kommt nicht nach einer Veränderung, nach der Beendigung von etwas Altem, sondern die Veränderung, die Beendigung des Alten ist schon das Neue. Wenn immer wir einen Schritt tun, sind wir nicht mehr der gleiche Mensch wie zuvor. So verhält es sich mit jeder Veränderung: jede Neuschaffung ist zugleich Zerstörung von Altem. Gut und schlecht, ‚oben' und ‚unten', hell und dunkel, Beendigung und Neuschaffung sind stets zusammen, es sind die beiden Seiten einer Münze." Und ich kannte die Kraft nun sehr wohl, die auflösend und neuschaffend zugleich ist. Wenn sie meinen Vorstellungen von der Welt widersprach und mein gewohntes

Bewusstsein infrage stellte, lehrte sie mich, von meinen Ansichten frei zu kommen, und das öffnete mich für ihr Wirken.

„Wenn hell und dunkel nicht getrennt sind", so fragte ich nun Jeduschin, „sondern zwei Aspekte der einen Kraft, können wir dann in unserem Verständnis wachsen, indem wir auch das Dunkle auf uns nehmen?" – „Das Helle ist das Dunkle", meinte er daraufhin, „immer ist beides da. Wenn wir aber einfach schöne weltliche Erfahrungen suchen oder geistlich erbauliche Momente anhäufen, kommen wir nicht weiter. Da passiert nichts Wirkliches. Wir müssen uns in allen Dimensionen auf die großen Lebenskräfte einlassen." Wieder schwieg er, und seine Pausen gaben den vorangehenden Worten Raum, damit sie sich ausbreiten konnten – vielleicht in der Landschaft oder in meiner Seele. ‚Wir müssen uns schon auf die großen Lebenskräfte einlassen…', war es nicht das, was mir in der vorangegangenen Nacht geschehen war? Aber: Nicht ich hatte mich eingelassen, sondern vielmehr hatten sich die großen Kräfte des Lebens mit mir eingelassen.

Das letzte Wegstück bis zu Jeduschins Acker gingen wir schweigend. Dabei hatte ich den Eindruck, dass es für Jeduschin geradezu eine Erleichterung war, nicht sprechen zu müssen. Sicherlich war er nicht gewohnt, soviel zu sprechen, wie er es gerade mit mir tat. Vielleicht hatte er den Eindruck, dass ich es besonders nötig hätte, vielleicht war er gerade in Redelaune, und vielleicht hatte es nichts mit solchen Überlegungen zu tun. Die Ungewissheit, die mich in seinen Ausführungen stets begleitete, wirkte wie eine besondere Lehre auf mich. Weil ich nicht spüren konnte, ob er sich an mich wandte, oder ob er im Sprechen einfach in seinem großen Raum weiter Präsenz verharrte, war ich stets auch auf mich gestellt. Ich konnte mein eigenes Dasein nicht auf ihn abstützen, und unsere Gespräche verhallten auch einfach in einem offenen Raum. Nie konnte ich sagen: ‚das hat er nun zu mir gesagt‘, oder ‚das ist es, was er mir mitteilen wollte‘. In einer gewissen Weise sagte er nie etwas zu ‚mir‘. Doch gerade in diesem Umstand lag eine besondere Kraft. Er wollte nichts, er beabsichtigte niemals eine Wirkung, und genau dadurch gewannen seine Worte eine ganz besondere Ausstrahlung. Stets überstiegen sie uns beide, die zusammen im Gespräch waren, und es war mir auch in diesem Gespräch wieder, als würde der weite Raum sprechen, der uns umgab, und als würde der weite Raum zuhören. Es war, als spräche der Raum mit sich selbst. Das Gespräch war einfach sich selbst, so wie der Acker auch einfach sich selbst war, auf den wir nun gelangten. Die Pflanzen waren in der beginnenden Sommerwärme gut aufgehoben, und sie entwickelten sich schön. Bohnen hatte es und Tomaten, und auch einige Fruchtbäume standen da. Alles wirkte in einer gewissen Weise ordentlich und zugleich auch zufällig angelegt, gepflegt und doch auch etwas verwildert, gut versorgt und auch sich selbst überlassen. Jeduschin kam offenbar nicht sehr oft hierher, was aber nicht nur an der Distanz lag. Es war einfach nicht notwendig, denn er war im Acker gewissermaßen präsent. Man hätte fast sagen können, dass der Acker und er ‚eins‘ waren. Es war nicht ‚sein‘ Acker, sondern sie waren wie von gleichem Wesen. Nie hatte ich bisher eine so enge Bindung von Mensch und Umwelt gesehen, sodass man gar nicht mehr von einer Verbindung sprechen konnte. Es war eine Einheit.

Jeduschin schien mit dem Zustand des Ackers und der Pflanzen und Bäume zufrieden zu sein, abgesehen von der Trockenheit des Bodens, die ihm nicht gefiel. Der Bach, dem wir recht lange gefolgt waren, verlief glücklicherweise auch entlang des Ackers, und so ging er hin und legte einige Holzbretter ins Bachbett, wofür es am Rand Kerben gab. Das so umgeleitete Wasser verteilte sich recht gleichmäßig im Acker – auch dafür hatte Jeduschin offenbar gesorgt. Weil es am Acker sonst nicht viel zu tun gab, bedeutete er mir, dass wir noch zum Meer gehen könnten, um dort ein Bad zu nehmen. Die Sonne stand hoch, wenngleich die Mittagszeit schon vorüber war, und bevor wir uns auf diesen letzten Wegabschnitt machten, setzten wir uns am Ackerrand nieder und genossen die mitgebrachte Mahlzeit. Erst jetzt wurde mir bewusst, dass Jeduschin den Rucksack den ganzen Weg getragen hatte, und dass ich ihm nie angeboten hatte, diesen zu übernehmen. Für ihn schien es aber eine Selbstverständlichkeit zu sein, diesen auf die Schultern zu nehmen. Er ging den Weg ja meistens alleine, und es musste ihm ungewohnt sein, den Weg, die Gedanken und das Essen mit jemandem zu teilen – auch wenn er es gerne zu tun schien.

Nach der kleinen Mahlzeit machten wir uns auf und gingen zusammen zum Meer – ein kurzes Stück des Weges noch. Das Ufer war felsig, aber es war doch möglich, ins Wasser zu steigen. Einige in den

Fels gehauene Stufen ermöglichten das. Wir legten die Kleider ab und sprangen recht froh ins Wasser. Jeduschin war kräftig, sehnig und braungebrannt, und das Element des Wassers schien ihm ebenso vertraut, wie Wind und Wetter, Sonne und Regen, und ich war in jenem Moment sicher, dass er auch ein Feuermeister sein musste. Einer, der unter widrigsten Umständen ein wärmendes Feuer zu entfachen imstande war. Und er würde auch ein Zelt bauen können, nur aus Ästen und Blättern, wenn es notwendig sein sollte.

Zum Trocknen setzten wir uns nach dem Bad auf einen Stein in die Sonne, und Jeduschin erzählte mir, dass er für mehrere Monate in einer Höhle in Meeresnähe gelebt hatte. „Darin begründet sich dein gekonnter Umgang mit den Elementen", sagte ich dazu, und Jeduschin erläuterte, dass er der Natur ganz auf den Grund kommen wollte, indem er sich Wind, Wasser und Wellen aussetzte. Und so sei er eins geworden mit der Natur. Oder vielmehr hätte er in dieser Lebensform die grundsätzlich gegebene Einheit von Mensch und Natur erkannt, und seither lebe er darin. „Wir sind nicht Teil der Natur – wir sind die Natur", fuhr er fort. „Die Zeit in der Höhle gehört zu meinen intensivsten Lebenszeiten. Ich war damals für alles offen. Nachdem ich meine traditionellen Verpflichtungen erfüllt hatte, wollte ich ein neues Lebenskapitel aufschlagen und dachte, es wäre gut, dafür zum Nullpunkt äußerer materieller Umstände zu gehen. Dies bedeutete zugleich, die inneren Gegebenheiten möglichst hinter mir zu lassen und offen zu sein für die Anforderungen der Gegenwart. Wenn du in einer Höhle lebst, dann hast du nichts! Immerhin gab es ein Höhlendach über dem Kopf, und ich hatte mir auch einige Decken mitgebracht zum Wärmen und zum Schlafen. Im Gesamten gesehen war der Komfort allerdings gering, und genau dies war die Absicht. Ich lebte vom Notwendigsten, das ich gelegentlich aus meinen Ersparnissen kaufte, erbettelte oder geschenkt bekam. Ich brauchte aber auch fast nichts – eigentlich nur Essen. Ganz allein hatte ich auch wenige Eindrücke; es war eine Reduktion von allem. Die Sonne ging im Osten auf, und im Westen ging sie unter. Manchmal war das Meer flach, und gelegentlich stoben die Wellen. Oft war es sonnig und gelegentlich regnete es. Es war Frühling, als ich zur Höhle ging, es kam der Sommer, und schließlich wurde es Herbst. Nichts geschah. Ich war einfach nur da. Wenn ich auf den Steinen vor der Höhle saß, wurde ich zum Stein. Wenn ich im Wasser war, wurde ich zu Wasser. Und stand ich im Wind, war ich der Wind.“

„Es muss herrlich gewesen sein, so zu leben“, stimmte ich zu. Ich dachte, dass dies das wahre Leben wäre, und ich fragte ihn, warum er denn überhaupt wieder weggegangen sei. „Ich weiß nicht, ob es einen Grund dafür gab“, meinte er. „natürlich wurde es kälter im Herbst, das mag eine Rolle gespielt haben. Wenngleich es mir nie langweilig war, drängte das Leben einfach eines Tages weiter. Doch war es eine wunderbare Zeit – nur so da zu sein und nichts zu wollen, nichts zu müssen, nichts zu unternehmen. Selten verließ ich den Höhlenplatz am Meer, und nur wenn es notwendig war. In der Natur, mit der Natur, als Natur war ich Zuhause. Aber eines Tages erkannte ich, dass es nicht darauf ankommt, wo man ist. Stets sind wir dieses eine Dasein, stets sind wir Natur. Es kam also nicht darauf an, ob ich in der Höhle blieb oder nicht." So also war es mit Jeduschin bestellt. Es kam nicht darauf an, wo er war. Offensichtlich war er überall zuhause. „Warum bist du denn jetzt in deinem Anwesen?", fragte ich ihn. Und seine Antwort war erstaunlich: „Ich bin nicht wirklich dort", sagte er und schwieg. Auf meinen verwunderten Blick fuhr er fort: „Es ist einfach so, dass sich jetzt gerade etwas dort aufhält, wovon ich früher gesagt hätte, dass ich das bin." Was er hier sagte, war verwirrend. Jeduschin lebte in der Klause und sagte von sich, dass er nicht wirklich dort sei. Nur etwas würde sich da aufhalten, aber das wäre er nicht. Was sollte ich nun mit solchen Äußerungen anfangen? Schon begann ich an ihm zu zweifeln, doch da kam mir unsere erste Begegnung in der Kapelle in den Sinn. Sie war ungewöhnlich gewesen, und wie damals fühlte ich jetzt, dass Jeduschin nicht wie andere Menschen war. Auch seine unbestimmte Kraft wurde mir wieder gegenwärtig. Diese Atmosphäre, in der man sich wohl fühlt und zugleich verwirrt ist. Wo man bleiben und zugleich weggehen möchte.

Wie ich mit Jeduschin auf dem Stein saß, war mir plötzlich als wäre ich jener Mann, der Jeduschin damals in der Höhle gewesen war. Zeit und Raum lösten sich in einer gewissen Weise auf. Ich war er, die Höhle war hier, und ich fühlte mich als Natur, ja fast schon als die Landschaft, die mich umgab. Da gab es dieses unbeschreibliche eine Sein, das alles beinhaltet. Ich stand auf und trat näher zum Meer. Zugleich war es, als bewegte sich nichts – es gab keine Veränderung, obwohl ich einige Schritte tat. Es gab Wellen unterhalb von mir und ihr Rauschen war hörbar, und zugleich herrschte absolute Stille. Alles war schwingungslos, trotz der Bewegungen von mir und dem Meer. Jeduschin sah ich auf dem Stein sitzen, aber es war, als wäre er nicht da. Da war nur Natur-Meer-Wahrnehmung-Stille. Tief davon betroffen hatte ich zugleich keinerlei Bedürfnis, irgendetwas zu Jeduschin zu sagen. Der Moment war so vollkommen, dass es nicht nur nichts zu sagen gab, sondern dass dies auch nicht möglich gewesen wäre. Diese bewegungslose Stille im äußerlich bewegten Dasein dauerte längere Zeit an, und wenn ich hätte wählen können, hätte ich vielleicht auf ewig in diesem Zustand bleiben mögen. Aber da der Moment auch zeitlos war – nicht ewig, sondern ohne Zeit – gab es auch keine Wahl und kein länger-oder-kürzer Hiersein. War es dies, was Jeduschin in der Höhle erlebt hatte, und war es so, wenn er sagte, dass er nicht wirklich im Anwesen wäre, jedenfalls nicht als der gewöhnliche Mensch? Wie seinerzeit in der Kapelle war ich mir sicher, dass mein Erleben etwas mit Jeduschin zu tun hatte, und dass es mir ohne ihn nicht passiert wäre. Und dennoch schien es von ihm her keinerlei Absicht gegeben zu haben, mir etwas zu zeigen. Er hatte mir einfach von seinem Aufenthalt in der Höhle erzählt, und der Rest war passiert. Möglicherweise war ich offen für eine derartige Erfahrung, da auch ich nirgends mehr hinwollte.

Langsam verlor sich diese Atmosphäre wieder, und ich schaute Jeduschin verwundert an. Erstaunlicherweise blickte er nicht ernsthaft drein, sondern lachte, als er mich so verwirrt dastehen sah. „Vielleicht solltest du deine Hose wieder anziehen, damit du dich etwas normaler fühlst", rief er mir belustigt zu, und ich denke, dass ich wohl einen eigenartigen Eindruck hinterlassen haben musste. Dann aber schaute er mir ernsthaft in die Augen und sagte: „Ja, so war es in meiner Höhle. Ich war monatelang da, und du erlebst offenbar jetzt, um was es dabei ging. Solche Dinge kann man nicht erzählen – niemand würde es verstehen – man muss sie erleben. Du hast Glück, dass es dir geschieht, selbst wenn es dich in Verwirrung zurück lässt." Was sollte ich dazu noch sagen? Alle Worte hätten nicht zum Ausdruck bringen können, wie mir zumute war. Und es war nicht notwendig zu berichten, was ich erlebt hatte. Jeduschin wusste es – es war, als wäre er mit mir in einem gemeinsamen Traum gewesen. Oder war es gar kein Traum? War dies das wirkliche Leben, und das ‚normale' Leben – so wie es die meisten Menschen verstehen – ein Traum?

Ich vermochte wirklich nichts mehr zu sagen. Gerne wäre ich noch länger geblieben, doch schien einige Zeit vergangen zu sein, und die Sonne begann sich zu neigen. Wir hatten den Rückweg ja noch vor uns, und ich fühlte mich müde. Nicht von der bisherigen Wanderung und vom Schwimmen, sondern vom eben Erlebten. Und dabei konnte ich nicht einmal sagen, dass ich es erlebt hätte, denn es gab einfach Wahrnehmung von etwas, das sich da zutrug. Während ich mich anzog, sprang Jeduschin noch einmal spritzend ins Wasser, und er schien guter Laune zu sein – auch wenn man nie wirklich wissen konnte, was in ihm vorging. Und dann machten wir uns auf den Rückweg, und dieser verlief ganz schweigend. Es war genug gesagt worden. Das Leben war in seiner ganzen Fülle greifbar, es umhüllte uns und blühte mir in jeder Wildblume entgegen, die am Wegrand stand. Und es war in den Steinen auf dem Weg, und in den Wolken des Himmels. Und in Jeduschin. Ich fühlte mich mit ihm verbunden, obwohl wir uns erst seit kurzem kannten, ja irgendwie fühlte ich mich eins mit ihm.

Am nächsten Morgen war Jeduschin nicht im Haus, nicht im Garten und nicht in der Kapelle, doch lag wieder ein kleines Mahl für mich auf dem Steintisch. Wie rührend er für mich sorgte, wo ich ihm doch Unruhe in die Klause brachte und ihm auch Arbeit machte. Und zudem unterhielt er sich oft mit mir, was ihn Zeit kostete, die er vielleicht lieber anders verbracht hätte. Aber ich kannte ihn doch schon gut genug um zu wissen, dass er sich keinerlei Vorstellungen davon machen würde, was eine gut eingesetzte Zeit sei. Und dass es ihm auch keinen Unterschied machte, was genau geschah. Es war ja einfach immer dieses Leben, und ohne Vorstellungen ließ sich viel leichter leben. Vielleicht war Jeduschin ins nächste Dorf gegangen, oder auf eine Wanderung. Er mochte auch in der Schlucht stecken, wo der Bach seinen Ursprung nahm, auf einer Wiese liegen oder was auch immer. Damit war ich an diesem Morgen mir selbst überlassen, und dies war gut so. In der Nacht hatte ich tief und wohl geschlafen – ganz anders als die Nacht zuvor, in der ich so aufgewühlt war. Jeduschin hatte die Tür zur Küche neben dem Steintisch offen gelassen, und ich trat ein und schaute mich um, ob ich mir einen Kaffee brauen könnte. Trotz allem Erleben der Tage blieben mir gewisse Anhänglichkeiten, mochten es nun einfache Gewohnheiten sein oder echte Bedürfnisse, und der Kaffee gehörte zweifellos dazu. Die Küche war einfach gestaltet wie alles an diesem Ort, und sie führte direkt zum Vorplatz mit dem Steintisch, an dem ich ja schon öfter gesessen hatte. Im Innern stand ein roher Holztisch in der Ecke, es gab einen Holzofen mit einer einfachen Herdplatte und schließlich ein Becken für den Abwasch, wofür das Wasser wohl aus einer nahen Quelle hergeleitet wurde.

Mit wie wenig man doch leben konnte, dachte ich mir da, und dabei glücklich sein. Jedenfalls erlebte ich Jeduschin so. In all seiner Unfassbarkeit wirkte er sehr zufrieden, nicht verhängt mit den Ereignissen und Sorgen der Welt. Und dennoch nahm er auf rührende Weise Anteil an allem, was in seiner Umgebung geschah, und jetzt nicht minder an mir. Ohne es wirklich zu wollen, förderte er mich auch in hohem Masse, und ich spürte wieder eine tiefe Dankbarkeit ihm gegenüber. Er schien alle Wesen zu lieben, die ihm begegneten, seien es Menschen, Vögel, Eidechsen oder die Katze, die hier zu wohnen schien. Sie war mir schon früher aufgefallen, aber nie hatte ich Jeduschin sie füttern sehen, und so wusste ich nicht wirklich, wohin sie gehörte. Wie alle Katzen war sie unabhängig, so wie auch Jeduschin. Er hatte nicht die Idee, diese Katze oder etwas zu besitzen, denn im gleichen Moment, wo er etwas annahm, gab er es auch wieder frei. Annehmen und Loslassen waren bei ihm offensichtlich eins. Auch bezüglich meiner würde es sich nicht anders verhalten, ging mir da durch den Sinn. Jeduschin war mir wichtig, aber das war nicht, was er gerne sähe. Es würde ihn und mich binden, und dies wäre nicht ‚freigebendes Annehmen'. Und dennoch war er mir nicht nur ein äußerer Lehrer, sondern bereits so etwas wie ein innerer Meister geworden – ein Gesprächspartner, der gar nicht da zu sein brauchte, um mich mit ihm auszutauschen. Gerade so, wie Jeduschin hier und doch nicht hier war.

Mit dampfendem Kaffee auf dem Steintisch ließ es sich gut leben. Es war mir gelungen, den einfachen Herd etwas zu heizen, und Kaffeepulver hatte ich auch gefunden. Und da ging mir der vorherige Tag wieder durch den Kopf, und die eigenartige Erfahrung, die ich am Meer gemacht hatte. Wie alles, was mit Jeduschin zu tun hatte, hinterließ es in mir eine unbestimmte dichte Stimmung, die nicht einzuordnen war. Da war etwas geschehen, was mich zu verändern schien – gerade wie auch in der schweren Nacht zuvor. Ob die beiden Situationen miteinander zu tun hatten? War die dunkle Nacht die Voraussetzung für das Erlebnis am Meer? Ich wusste es nicht.

Während ich noch immer am Steintisch saß, kam Jeduschin hinzu. Er war ganz eingestäubt und vielleicht auf der kleinen Straße unterwegs gewesen, die in der Wärme des Tages manchmal reichlich staubte, wenn gerade ein Gefährt vorbei kam. Er erzählte mir aber, dass er im nahen Steinbruch gewesen sei, wo er sich manchmal Steine zurechtschlug, um zuhause daraus Figuren zu machen. Ich hatte schon einige davon im Garten stehen sehen, aber ich hatte mir bisher keine Gedanken darüber gemacht – zuviel anderes war geschehen. Nun hieß er mich mit einer Handbewegung ihm zu folgen, und wir gingen einen der gewundenen Wege entlang, die durch die Wiesen führten. Offenbar gehörte zum Anwesen recht viel Land, dessen Größe aber nicht ersichtlich war, da es keinerlei Grenzpfähle gab, und schon gar keine Gitter und Tore. Das Anwesen war im Grunde von allen Seiten her frei zugänglich, aber niemals kam jemand von einer anderen Seite als vom staubigen Flurweg, denn die Pfade verliefen sich im Gebüsch oder im Wald, und durch den kleinen Bach führte kein Weg. So gingen wir zusammen ein Stück voran, und da standen sie nun: viele der Figuren, die Jeduschin geschaffen hatte, und es waren andere, als ich schon gesehen hatte. Hierher war ich noch nicht gekommen, denn auch dieser Weg schien sich im Dickicht zu verlieren, ehe er sich wieder öffnete und zu diesem besonderen Platz führte. Wunderschön waren die Gestalten, vielleicht einen Drittel einer Menschenlänge hoch, fein gearbeitet. Der Stein war kein Granit, er schien weicher zu sein – eher wie ein Speckstein, aber griffiger. Dennoch waren die Figuren von ganz feiner Oberfläche, und sie glänzten leicht, als wären sie geölt worden.

Was mir zuerst auffiel, waren zwei Gestalten, Frau und Mann, und es zog mich zu ihnen hin. Dabei hatte ich den Eindruck, dass hier nicht nur der Körper, sondern auch das Wesen von Frau und Mann in wunderbarer Weise gestaltet war. Jeduschin schien auch ein Künstler zu sein. Und nachdem ich in den Tagen an diesem Ort noch keine Frau gesehen hatte – es war außer uns beiden ja niemand da – war ich verwundert, dass das Weibliche in dieser Figur so präsent war. Es konnte Jeduschin also nicht unvertraut sein. Wie schon oft fühlte ich auch jetzt, dass Fragen nicht angebracht waren, und dass es einzig in seiner Entscheidung lag, etwas darüber zu berichten oder nicht. Und ob er es tat, überließ er seiner jeweiligen Stimmung. Seine Worte waren dabei nie mit einer Absicht verbunden, denn er hatte weder etwas zu verbergen, noch erzählte er gerne. Die Skulptur des

Mannes neben der weiblichen Gestalt war ebenso sorgfältig ausgearbeitet wie diese, und ich fragte mich, ob sich Jeduschin hier selber gestaltet hätte. Er nahm mir die Frage ab, indem er dann doch von sich aus etwas zu den Figuren sagte. „Es geht um Prinzipien, welche die Erscheinungen unserer Welt ausmachen. Auch wir Menschen sind die Ausprägung von einzelnen ‚Prinzipien‘ – etwa Mann und Frau. Wir sind ja nicht nur das Individuum, für das wir uns halten, sondern einfach ein Mann oder eine Frau, wie es viele gibt auf dieser Erde. Dabei sind wir eine vollständige Ausprägung des jeweiligen Prinzips, ganz Mann oder ganz Frau. Wir sind aber auch eine Ausprägung des Prinzips ‚Mensch‘. Wenn es auf dieser Welt nur dich als einzelnen Menschen gäbe, es gäbe die Menschheit – in einer einzelnen Ausprägung.“ Ich begann zu ahnen, dass Jeduschin in seinen Gestalten darstellte, was er mit dem Begriff ‚Prinzip‘ umschrieb. Es schien einfach um den Menschen als Frau und Mann schlechthin zu gehen, und es war unwichtig, welche Vorlagen die Figuren gehabt hatten. Diese waren auf das Wesen reduziert worden und entbehrten damit der Individualität, ohne aber gesichtslos zu sein. Im Gegenteil kamen mir auch die Gesichter sehr ausdrucksstark entgegen. Sicher gab es konkrete Frauen, welche für Jeduschin Bezugspunkt für diese Frauenfigur waren. In der einzelnen Frau war ihm aber wohl das Weibliche schlechthin begegnet, und darin wiederum das Menschliche, das in unserer Welt als Mann und Frau Gestalt annimmt. Vor diesen Figuren stehend vermutete ich, dass Jeduschin zu diesem Grundsätzlichen vorgestoßen war, und das galt offensichtlich auch für ihn selber. Auch er drückte das Prinzip Mensch in der männlichen Form aus; er war mehr, als einfach nur seine äußere Erscheinung.

Und es gab manche weitere Figuren auf diesem Platz inmitten der Natur. Es war mir, als hätten sie sich hier versammelt, um mir die zahlreichen Lebensformen dieser Welt zu zeigen – nicht nur die Menschen und Tiere, sondern das Leben schlechthin. Dabei war es schon eigenartig zu sehen, wie diese unbeweglichen Steinfiguren voller Leben waren, als ob sie gleich zu tanzen begännen. Es war mehr als eine Ansammlung von Tieren, die in Stein gehauen waren, und von Figuren, von denen man nicht sagen konnte, ob sie nun Tier oder Mensch waren, oder auch Engel oder andere Wesen. Hier war das Universum auf kleinem Platz versammelt, und nicht die einzelnen Figuren waren das Wesentliche, sondern ihr Zusammenspiel und die Atmosphäre, die sich dadurch ergab. Wiederum war es ganz still, und mein Blick ging zu den Gräsern, Stauden und Bäumen im Umkreis, und dann zu den Vögeln, die darüber kreisten. Und was ich in den Steinfiguren gesehen hatte, sah ich nun auch in den Bäumen und den Vögeln. Und es war hier noch lebendiger, und so bedurfte es der Figuren nicht mehr. Sie waren mir einfach ein Vermittler zu dem gewesen, was stets um uns her ist. Lange verblieb ich in dieser Stimmung und fühlte mich leicht und irgendwie getröstet, obwohl ich gar nicht traurig gewesen war. Es war, als ob der ganze Trost der Welt hier mit mir wäre.

Wie ich mich schließlich umdrehte, um nach Jeduschin zu schauen und mit ihm zurück zu gehen, war er nicht mehr da. Offenbar war er wieder einmal weggegangen, als er gesehen hatte, dass ich ‚angekommen‘ war, und vielleicht wollte er mich nicht weiter stören. Oder es war einfach getan, was in diesem Moment erforderlich war. Außerdem war auch gut möglich, dass er sich vom Staub aus dem Steinschlag reinigen und vielleicht etwas essen wollte. So ging ich allein zum Haus, tief bewegt, und es war mir, als ob mich die Gräser am Rand des Weges begleiten wollten, auch wenn ihre Wurzeln sie am Boden festhielten. So standen sie einfach Spalier, und ich fühlte mich bei ihnen aufgehoben und war darob glücklich. Nichts fehlte mir in diesem Moment – rundherum und auch in mir war das volle Leben. Vor dem Haus kam mir Jeduschin aus der Küche entgegen und trug in einer Schale einige eingelegte Oliven zum Steintisch, wo er sich offenbar niedersetzen wollte. Ich wusste nicht recht, ob ich mich dazu setzen durfte, doch nahm er mir auch diese Frage wieder ab, indem er mich aufforderte, aus der Küche doch noch ein Stück Brot zu holen.

„Wenn wir eine Ausformung sind – wie können wir uns über die individuelle Form erheben und zum Ganzen gelangen?" fragte ich ihn. Ruhig antwortete er mir, und ich merkte, dass er nicht viele Worte machen würde. „Es ist der Geist, der im Körper von uns lebt. Der Mensch ist nicht nur das, womit er sich identifiziert; er ist nicht nur das individuelle Leben, das er ausdrückt, und er ist nicht nur der individuelle Leib, worin er sich wahrnimmt. Hast du schon einmal den körperlichen Schmerz empfunden, der dich durchzieht, wenn du siehst, wie jemand leidet? ‚Du bist dein

Körper', heißt es oft. Wir sind jedoch mehr als das. Wir sind von den anderen Menschen nicht getrennt. Aber wenige Menschen überschreiten die vermeintliche Trennlinie, indem sie die Identifikation mit ihrer individuellen Gestalt aufgeben, die sie im Laufe ihres Lebens erworben haben." Darauf schwieg Jeduschin, und wir aßen gemeinsam von den Oliven und vom Brot, und es war eine archaische Mahlzeit, wie sie die Menschen über Jahrtausende gekannt haben. Wie Jeduschin so schwieg, fühlte ich, dass das, was er mir gesagt hatte, nicht das Wesentliche seiner Botschaft war. Es ging ihm nicht darum, mich theoretisch etwas verstehen zu lassen, vielmehr vermittelte er mir eine Wahrnehmung von dem, worum es ihm ging. Ich fühlte mich in diesem Moment in einem universellen Ganzen eingebettet. Jeduschin schwieg, und die Stille zwischen uns wuchs in eine Leere, die zugleich alles umfasste. Da war wieder diese reine Präsenz, die ich in der Kapelle wahrgenommen hatte. Und in dieser Präsenz hoben sich die Grenzen zwischen uns zwei Menschen auf – da war einfach nur dieses eine Sein.

Nachdem ich schweigend aufgestanden und mich ihm dankend zugeneigt hatte, verbrachte ich den Nachmittag allein in Sammlung, denn ich wollte die dichte Stimmung nicht wieder verlieren, die ich bei den Figuren und danach mit Jeduschin beim Olivenmahl gewonnen hatte. Ich dachte, dass es eine Aufgabe wäre, in dieser Verfassung zu verbleiben, die mir so viel bedeutete. Aber in dem Moment, wo ich mich darum bemühte, flachte die Stimmung ab, und ich fand mich unversehens wieder in einer alltäglichen Verfassung. Die Begegnungen mit Jeduschin schienen mich zwar langsam zu verändern, aber ich fiel auch immer wieder in jenen Zustand zurück, der mir vor dem ersten Kapellenbesuch eigen war. In dieser Verfassung hatte ich es mir ja auch recht gut eingerichtet, war zufrieden und suchte nichts mehr. Doch nun hatte ich erfahren, dass dies nicht alles war, wenngleich es immer wieder ‚Rückfälle' in mein altes Bewusstsein gab.

Am frühen Abend ging ich zur Kapelle, und ich fand Jeduschin dort sitzend. Bisher hatte ich ihn nur einmal allein in der Kapelle gesehen – er schien sie nicht für sich zu benötigen. Vielleicht war sie nach seinen eigenen inneren Prozessen fast übrig geblieben und nun vor allem für andere da. Und so hatte sie auch für mich am Wegrand gestanden, um mich zum Besuch bei Jeduschin einzuladen. Als ich vom Platz mit den Figuren zum Haus zurückkehrte, hatte ich selbst die Gräser in dieser Weise empfunden – gerade als würden sie auf mich warten. Aber sie waren nicht wegen mir da, sie waren einfach da, und alles andere war meine Einbildung – wenn auch eine schöne. Und so mochte es sich auch mit anderen Lebensumständen verhalten, denen wir einen tiefen Sinn unterstellen. Dieser Sinn ist Menschenwerk – eine Interpretation, welche die Dinge und Ereignisse für sich nicht benötigen. Sie sind einfach da. So stand also auch die Kapelle einfach hier, und als ich an diesem Vorabend eintrat, war Jeduschin da, und das war alles. Die Situation bedurfte nicht einer zusätzlichen Sinngebung, um vollständig zu sein. Selbst wenn ich innerlich bewegt war, war dies wie alle Erscheinungen auch einfach ein Ausdruck des Lebens, das allezeit vollständig ist.

Und es ergab sich, dass ich mit Jeduschin über die Kapelle zu sprechen begann – oder war er es, der das Thema aufnahm? Auch jetzt war dies nicht wirklich zuzuordnen – das Thema lag einfach zwischen uns, und wer den Faden zuerst aufnahm, war unwichtig. Weil die Kapelle ein Ort des Schweigens war, traten wir ins Freie. „In der Apsis steht die Schale und daneben liegt ein gefaltetes Tuch. Hat dies eine Bedeutung", fragte ich Jeduschin. „Nein. Hier gibt es keine Symbolik", antwortete er mir. „Die Schale ist einfach eine Schale, und das Tuch ein Tuch. Das ist alles. Das genügt auch, denn sie wären nichts anderes, wenn sie noch eine Bedeutung hätten. Oft versuchen Menschen, etwas durch Symbole auszudrücken. Den Dingen wird dadurch aber etwas zugefügt, was sie nicht sind. Ihr Dasein wird damit nicht grösser, sondern es wird vermindert. Es ist dann nicht mehr sichtbar, dass die Dinge in sich selbst schon die Fülle sind. Du könntest nun sagen, die leere Schale sei ein Symbol für die Fülle. Sie könnte jederzeit gefüllt werden. Aber das ist zu viel. Die Schale ist in sich selbst schon die Fülle. Doch auch solche Beschreibungen lenken von dem ab, was die Schale letztlich jenseits aller Worte ist. Wenn du sie in ihrer Ganzheit wahrnimmst, dann braucht es nicht noch eine Erklärung dazu. Aber auch eine Aufforderung von mir, dass du die Schale in ihrer Ganzheit wahrnehmen mögest, wäre zu viel – nämlich dir gegenüber, weil damit dir etwas zugefügt würde, was dich vermindert. Verstehst du?" Das konnte ich nun nicht wirklich behaupten. Wieder einmal sprach Jeduschin in verschlüsselten Worten. Und doch fühlte ich gerade in diesem Moment die Schale, die nichts zu sein brauchte, als eben diese Schale zu sein, und die ihre Würde gerade darin hatte, so zu sein, wie sie war.

„So ist es auch mit den Religionen", fügte Jeduschin an. Und dann schwieg er, wie ich es an ihm kennen gelernt hatte. Das Wichtige war gesagt, und was noch hinzugefügt wurde, waren einfach Erklärungen für jemanden, der nicht verstand, um was es wirklich ging. Die Pause brachte mich zum Nachdenken. „Also die Religionen wären dann Systeme von Symbolen, die aufzeigen sollen, worum es im Leben geht, und dabei ist das Leben schon da?" fragte ich nach, „doch warum halten sich Religionen so lange, warum sind sie so bedeutungsvoll?" – „Weißt du, die Sache ist kompliziert", erwiderte Jeduschin, während wir uns unter einen Baum neben der Kapelle setzten. Weil der Boden erdig war, ging er nochmals in die Kapelle und holte dort das Tuch von seinem Platz neben der Schale und breitete es als Unterlage für uns aus. Eben noch hatte ich gedacht, dass dieses Tuch irgendwie heilig wäre, zumindest aber bedeutungsvoll, und nun nahm er es und benutzte es einfach so, wie man Tücher benutzt. Das sollte noch jemand verstehen!

Zum religiösen Thema holte Jeduschin dann weiter aus. „Religion hat mit Kräften zu tun, die wir als innere Seelenkräfte wahrnehmen. Wie wir früher schon besprochen haben, hat die menschliche Seele viele Seiten. Hinsichtlich der Ausrichtung ist eine nach außen orientiert, und eine andere nach innen gerichtet. Die nach außen orientierten Seelenkräfte stellen die Beziehungen des Menschen zur Außenwelt her. Sie gestalten die Kontakte zu anderen Menschen, zu Dingen und Aufgaben. Diese werden dadurch ‚beseelt' und jeder Mensch kennt solche Orte, die er als bedeutungsvoll erlebt. Für dich mag die Kapelle so ein Ort sein. Die nach innen gerichteten Seelenkräfte erschließen dem Menschen die Innenwelt, also jenen Bereich, wo uns die Seelenkräfte ohne Mittler der Außenwelt erscheinen. Diese Innenwelt war seit je her der Bereich der Religionen. Um mit dieser Innenwelt direkt in Beziehung zu treten – also nicht über Erfahrungen in der Außenwelt, die uns natürlich auch bewegen können – müssen die nach innen gerichteten Seelenkräfte bewusst wahrgenommen werden. Und um sie in ihrem tiefen Wesen zu erfahren, gilt es, ihnen bis zum Grund zu folgen. In dieser inneren Welt finden wir Bewegung und Ruhe, Dunkelheit und Helligkeit, Farbe und graues Einerlei. Du hast es erlebt, und darüber haben wir schon früher gesprochen. Viele Erscheinungen finden sich hier: innere Gestalten und Gefühle, Empfindungen und Träume sowie manches mehr. Diese innere Seite ist wie das äußere Universum, unermesslich und schwer zu erforschen."

„Wie ist denn die Verbindung zwischen Außenwelt und Innenwelt, und was hat es mit den Religionen zu tun?" fragte ich ihn weiter. „Das Besondere ist, dass die Gestalten der Innenwelt oft in der Außenwelt vermutet werden. Vielleicht hast du dich schon über jemanden geärgert, und du dachtest selbstverständlich, dass dieser Mensch der Grund für Deine Emoti-

on sei. Es ist aber erst deine Reaktion, die dich ärgerlich werden lässt. Das muss nicht so sein. Auch wenn
du einen anderen Menschen für etwas ganz Besonderes hältst, bist du es, der ihn dazu macht. In diesem
Sinne schaust du immer in einen Spiegel. Manche
Leute sprechen von ‚Seelenverwandten‘ oder von
‚schicksalhaften Begegnungen‘, aber das heißt nur,
dass sie sich im Spiegel der anderen selber begegnen.“
Damit wollte mir Jeduschin am Beispiel zwischen-
menschlicher Beziehungen erklären, wie Seelenkräfte
im Äußeren wahrgenommen werden, wenn sie nicht
als innere Qualitäten, nicht als dem eigenen Wesen
zugehörig erkannt werden. „Fragen wir uns, was einer Begegnung eine besondere Bedeutungsschwere
gibt, so stoßen wir auf unsere eigenen Seelenkräfte“,
fuhr er fort. „Ist eine Anziehung gegenseitig, dann
vermengen sich die Seelenkräfte der Beteiligten. Die
äußere Beziehung erhält dadurch ein Gewicht, dem sie
auf die Dauer aber nicht standzuhalten vermag. So
folgt zwangsläufig die Ernüchterung.“ So also mochte
es sich mit meinen früheren Liebeserlebnissen verhalten haben – ich hatte in diese Beziehungen zu viel
hineininterpretiert. Das was eine Täuschung, und als
sich zeigte, das die Realität eine andere war, war ich
‚enttäuscht‘. Noch immer hatte Jeduschin aber keinen
Bezug zur religiösen Thematik hergestellt. Er machte
mit in seinen Ausführungen einen großen Umweg.

Weiter erklärte Jeduschin: „Die Seelenkräfte, die
nach innen tendieren, sind auf unsere eigene seelische
Ganzheit ausgerichtet. Sie ist das, was wir sind, und
das Höchste, was in unserem Leben zu gewinnen ist.
Wird sie bewusst, dann brauchen wir nichts anderes

mehr, um uns vollständig zu fühlen. Hast du nicht bei den steinernen Gestalten so etwas erlebt?" Und Jeduschin hatte recht. Ich hatte dort seiner nicht mehr bedurft und nicht bemerkt, dass er weggegangen war. „Die Erreichung einer seelischen Ganzheit auf dem Wege der Verinnerlichung ist eigentlich das religiöse Anliegen", nahm Jeduschin seinen Gedankengang nun endlich bezüglich der Religiosität auf. „Dieses kann aber nicht vertieft werden, solange der zu erreichende Wert im Äußeren gesucht wird und dort erscheint. Allerdings ist die Phase solch veräußerlichter Wahrnehmung auch nicht zu umgehen. Bevor etwas als dem Inneren zugehörig erkannt werden kann, wird es meistens außen gesehen. In religiöser Hinsicht hat die Erstellung vieler Tempel und Gotteshäuser damit zu tun. Ihre Schönheit zeigt die faszinierenden Inhalte, um die es hier geht. Auch das Leiden an der seelischen Wandlung kann in der Religion im Außen erscheinen, und damit die Verheißung einer Erlösung. Das Ziel des seelischen Prozesses kann sich als ‚göttliches Kind' darstellen, wie es in verschiedenen Religionen verehrt wird. Es ist das neue Wissen, das so lange als göttlich erscheint, als es innerlich noch nicht verwirklicht ist. Der seelische Prozess, der dazu führt, wird in manchen Religionen als Gang in die Tiefe mit anschließender Wiedergeburt beschrieben."

Ich traute mich nicht darauf hinzuweisen, dass ich in den vergangenen Tagen eben Derartiges erlebte hatte. Es glich seinen Beschreibungen, doch hätte ich es nicht auf religiöse Inhalte bezogen. Und wenngleich ich die Erfahrungen in der Dunkelheit als Leiden und die Momente in der Kapelle, am Meer und bei den Steinfiguren als wunderbar bezeichnen konnte, hätte ich sie doch nie als religiös verstanden. Hinter solcher Begrifflichkeit schien mir eine Vorstellung zu stecken, die etwas anderes ist, als was ich erfahren hatte. Ich vermochte mein Erleben nicht zu benennen, weil mir jede Beschreibung unpassend erschien. So sagte ich auch nichts weiter zu den Gedanken von Jeduschin, und es schien ihm recht zu sein. Worüber man nicht sprechen kann, darüber sollte man schweigen. Nachdem wir uns erhoben hatten, brachte ich das Tuch in die Kapelle zurück. Jeduschin ging derweil langsam zum Haus, vielleicht um uns ein Abendessen zuzubereiten. Es war mir nicht recht, dass er mich so oft an seinen Mahlzeiten teilhaben ließ, und jetzt hatte ich den Eindruck, dass er lieber alleine etwas kochte, als mich dabei zu haben. Meine Anwesenheit mochte für ihn manchmal der größere Umstand sein, als die Vorbereitung des Essens, und so zog ich mich nach dem leichten Abendessen auch gleich zurück. Und ich dachte, dass auch ich einmal allein für uns beide kochen könnte.

Für den folgenden Tag beschloss ich, eine längere Wanderung in der Gegend zu unternehmen. Dafür hatte ich kein Ziel und keine Landkarte. Der Weg sollte sich einfach aus meinen Schritten ergeben, und die Füße wüssten wohl, wohin sie gehen wollten. Es war aber auch nicht wichtig, wohin ich gelangen würde. Ich wäre einfach unterwegs, wie im Leben auch, und dort wusste ich ebenfalls nicht, wohin es mich trieb. Meinen Rucksack, mit dem ich zur Klause gekommen war, nahm ich dafür erstmals wieder zur Hand, leerte ihn und dachte, dass ich unterwegs vielleicht etwas für die Küche kaufen könnte, sofern ich in einem Dorf vorbeikäme oder an der Straße einen Marktstand finden würde. Es war mir nicht recht, wie lange mich Jeduschin schon versorgt hatte, wenngleich das Meiste aus seinem Garten oder von seinem Acker kam und er in diesen Tagen nie weggegangen war, um Einkäufe zu tätigen. Fast schien es mir, als würden solche profanen Dinge nicht zu seinem Leben gehören. Aber das war natürlich eine falsche Einschätzung, denn er war mit beiden Füssen im Leben verankert. Alles, was notwendig war, ließ sich finden.

Für die erste Wegstrecke nahm ich eine Flasche Wasser und etwas Brot mit. Weil es einige Dörfer in der Umgebung gab, war ich mir sicher, dass ich für den Tag etwas zu essen finden würde. So zog ich los. Das Wetter war gut, nicht wolkenfrei, aber doch warm, und es war kein Regen zu befürchten. So packte ich nur noch eine Jacke ein für den Fall, dass es kühler würde, oder dass ich mich ganz verliefe und nicht zeitig zum Anwesen zurück fände. Die kleine Straße, auf der ich vor einigen Tagen gekommen war und hier Halt gemacht hatte, führte weiter in die Landschaft hinein. Nachdem ich die baumbewachsene Umgebung des kleinen Anwesens hinter mir gelassen hatte, öffnete sich der Blick in die Weite der umliegenden Hügel, und ich war erstaunt, wie lieblich die Gegend hier war. In der Ferne war ein kleines Dorf zu sehen, und es schien mir gut, diese Richtung einzuschlagen. So absichtslos, wie ich zur Kapelle gefunden hatte, so absichtslos ging ich nun weiter, aber ich wusste, dass ich zurückkommen wollte. Der Ort und auch Jeduschin waren mir ans Herz gewachsen. Am liebsten wäre ich gleich für immer hier geblieben. Aber das wäre nicht richtig – so dachte ich mir – denn Jeduschin hatte ein Anrecht, ungestört an diesem Ort zu leben, und für mich wäre es wohl gut, einen ganz eigenen Ort zu finden, wo ich bleiben könnte.

Ich war schon ein längeres Stück des Weges gegangen, dabei kamen mir die vergangenen Tage wieder in den Sinn, die Erfahrung der Dunkelheit, und diejenige der hellen Freiheit. Schon früher hatte ich verschiedene derartige Phasen durchlebt, wenngleich nicht in so intensiver Weise wie jetzt. Noch trug ich beides in mir – das Dunkle und das Helle – und diese beiden Seiten des Lebens hatten sich noch nicht verbunden, wie es bei Jeduschin der Fall war. Gleich bei unserer ersten Begegnung am Kapelleneingang nahm ich ihn ja als integrierten Charakter wahr. Auch er musste die guten und schwierigen Aspekte des Lebens einzeln erfasst haben, bis sie sich zu dieser überzeugenden, einheitlichen Erscheinung verdichten konnten. Er war weder einem leichten Erdendasein hingegeben, das nur das Schöne suchte, noch war er dunklen Seelenkräften ausgeliefert. Diese beiden Aspekte hatte ich bisher abwechselnd als Auf- und Niedersteigen erlebt. Wie viele Menschen konnte ich nicht einfach Schritt für Schritt bis auf eine Anhöhe des Lebens vorangehen, wo sich erlösende Erkenntnisse finden würden. Vielmehr hatte ich phasenweise vom Dunklen und vom Hellen erfahren – manchmal aus der Schwierigkeit von Lebensumständen oder Wirrnissen, und manchmal aus dem Glück der Sinne oder dem Frieden des Daseins. Etwas davon hatte sich wohl in meiner dunklen Nacht zu Beginn meines Besuches hier zu etwas Neuem verschmolzen, aber ich fühlte, dass es noch eine sinnliche Lebenskraft geb, die erlöst werden wollte.

Es waren meine Emotionen, die mich immer wieder verwirrten – nicht nur die erfreulichen, auch die dunklen. Manchmal überrannten mich wunderbare Gefühle – gerade auch in Liebesangelegenheiten – die ich doch gleichzeitig als eine Art Gefangenschaft erlebte. Und manchmal zeigten sich in mir Schattenseiten, die sich sowohl gegen mich selber als auch gegen andere richten konnten. Und ich wusste nicht, ob die Neigungen, mich entweder ganz vom Leben verschlingen zu lassen, oder mich umgekehrt ganz daraus zurückzuziehen, nun zu den guten oder den schwierigen Seiten meiner Seele gehörten. Allerdings war mir klar, dass Erlösung nicht durch den Sieg der einen Seite über die andere zu finden war. Vielmehr ging es darum, die Emotionen auszuhalten. Sie waren ja meine tiefe Lebenskraft und wollten transformiert werden. Dafür müsste ich lange genug mit ihnen bleiben, bis ihre Kraft ausgegoren wäre. Bei Jeduschin hatte ich gesehen, wie sie sich zu gestalten vermochte: als Kraft, die andere Menschen fördert und ihnen zugleich wortlos Grenzen zu setzen vermag, sollte dies einmal notwendig sein. Er hatte die Kraft eines Schwertkämpfers, der sein Schwert nicht zu erheben braucht, weil sie von allen im vornherein zu spüren war. Und gerade deshalb konnte er anderen Menschen gegenüber in so überzeugender Weise liebevoll sein, ohne ihnen in irgendeiner Weise nachzugeben. Die Wünsche der Menschen können ja sehr vielseitig sein, so dachte ich mir, und doch dient ihnen deren Erfüllung oft nicht. Jeduschin bot ihnen etwas Besseres an.

In solchen Gedanken ging ich die schmale Straße entlang, und ich wusste, dass mein innerer Weg trotz bisheriger Einsichten so wenig beendet war, wie die Wanderung dieses Tages. Nicht immer hatte ich Vertrauen in meine Lebenskräfte gehabt, um einfach Schritt für Schritt meinen Weg zu gehen und zu sehen, was als nächstes kommen würde. Lange Zeit hatte ich geglaubt, vorausdenken zu müssen, vorausplanen zu müssen, um keine Überraschungen zu gewärtigen. Aber genau dies hatte meinen Lebensfluss gestaut. Dabei hatte ich bei anderen Menschen durchaus gesehen, wohin das führt. Manche pflegten traute Harmonie – dies um den Preis der Einschränkung lebendiger Impulse – statt ihr Leben fruchtbar fließen zu lassen. Es war, als hätten sie sich in einem Zimmer verschanzt und es sich in den eingeschränkten Lebensmöglichkeiten erträglich eingerichtet. Klopfte dann das Leben an ihre Tür, so öffneten sie diese vielleicht vorsichtig einen Spalt breit und sagten: „Liebes

Leben, bleib doch bitte draußen; ich habe es mir hier so gemütlich eingerichtet. Du würdest mir alles durcheinanderbringen, wenn ich dich einließe." So ginge das Leben dann weiter zu einer anderen Tür, wo vielleicht jemand wartete, der sich auf das Experiment einließe und die Tür öffnete. Und es würde nicht einfach Unordnung entstehen, sondern das Leben bekäme eine neue Ordnung, die weit und groß ist.

Langsam näherte ich mich dem Dorf, das ich anfangs aus der Ferne gesehen hatte, und durch einige Häuserzeilen trat ich auf den Dorfplatz. An dessen Stirnseite stand ein großes Haus, wie mir zunächst schien vielleicht ein Schulhaus oder das Gemeindehaus, aber ich sah dann, dass es nicht einer solch eindeutigen Funktion zuzuordnen war. Vielleicht war es einfach ein großes Bürgerhaus, hinter dessen Fassade sich Teile der Dorfgeschichte abspielten. Gar über Jahrzehnte mochten sich dort die Episoden des Lebens gesammelt haben – jene von Geburt und Tod, von Macht und Ohnmacht, von Reichtum und Armut. Vielleicht war da auch einmal eine Richterstube, in welche die Leute im Streitfall kamen, oder der Dorfpfarrer mochte in einem Hausteil gewohnt haben. Die Vielfalt des Lebens erschien mir in dieser Weise vor Augen, aber nun waren die Mauern grau, wenngleich nicht unfreundlich, und sie beschützten den Platz. Einige Bänke und Stühle standen unter den Bäumen, die den Einwohnern und Besuchern Schatten spendeten, und ich sah Menschen aus einem anderen Haus kommen, welche frische Brote nach Hause trugen. So ging auch ich in diesen Laden, eine Bäckerei und Wirtsstube in einem, und fragte nach einem kleinen

Essen, das man mir gerne zubereiten wollte. Ich solle mich doch schon zu einem der Tische auf dem Platz setzen, und alles würde bald gebracht. So wurde ich nun zum Zuschauer des Dorflebens, wo die Menschen hin und her gingen, mit und ohne Geräte, Eltern mit kleinen Kindern, Junge und Alte. Alles bewegte sich im langsamen Rhythmus südlicher Gefilde, und der Radius des Dorfes war auch zu klein, als dass man hätte eilen müssen, um irgendwo hinzugelangen. Eine Salatplatte mit dem obligaten Olivenöl wurde mir gebracht, und das Brot duftete frisch, gerade dem Ofen entnommen.

Derweil gab es Krach im Nebenhaus, ein Paar stritt sich laut, und Kinder schrien, als versuchten sie, die elterliche Auseinandersetzung dadurch zu beenden. Das geschah aber nicht, und die Aufregung war groß. Dem streitenden Paar war vielleicht nicht klar, dass das Dorf zuhörte, und es war den beiden wohl auch nicht bewusst, dass sie nicht in der gleichen inneren Welt lebten. Das Ereignis, an dem sich der Streit entfacht haben mochte, wurde wohl von jedem anders erlebt und interpretiert, und so gesehen gab es dieses Ereignis gar nicht, sondern nur die beiden unterschiedlichen Sichtweisen. Da ihre eigenen Welten wohl zu Gefängnissen geworden waren, konnten sie sich nicht mehr selbst beruhigen. Vielleicht sahen beide im Streit nur die Möglichkeit, zu gewinnen oder zu verlieren. Schließlich kam ein alter Mann aus der Bäckerei heraus, es könnte der Großvater der Kinder gewesen sein, und ihm war es vergönnt, den Frieden wenigstens vorläufig wieder herzustellen. Er musste dazu ja nicht die Gelassenheit von Jeduschin haben –

es genügte Autorität, um die beiden zu beruhigen. Und ich dachte, dass das Leben auch in dieser streitbaren Form Ausdruck jener großen Kraft sei, die sich hier einfach auf zwei Menschen verteilte. Vielleicht würde Jeduschin sagen, dass die Befürchtung einer möglichen Niederlage vor der Einsicht stünde, dass wir diese Kraft selber sind, und dass wir davon nichts auszuschließen bräuchten.

Ein Kaffee rundete meinen Aufenthalt unter dem Blätterdach in wunderbarer Weise ab, und ich machte mich wieder auf den Weg ohne Ziel. Nachdem ich die letzten Häuser des Dorfes hinter mir gelassen hatte, folgte ich einfach den Kurven des Weges weiter ins Land hinein. Die Bauern, die auf den Feldern arbeiteten, grüßte ich freundlich, wenngleich einige nur etwas brummten oder gar nicht antworteten. Ich gehörte offensichtlich nicht zu ihnen, ich war ein Fremder, und auf solche Leute waren sie vielleicht weniger bezogen. Möglicherweise waren sie aber einfach so beschäftigt, dass ihnen die Menschen auf der Straße mehr im Wege standen, als dass sie diese als Gäste der Region gesehen hätten, und ich konnte ihnen das gut nachsehen. Ein Mann mit Rucksack arbeitete ja nicht, und Wanderer waren in ihren Augen vielleicht ebenso unnütz wie Leute, die Bücher schreiben. Die Bauern lebten ganz in der Realität des Daseins und verstanden jene Menschen vielleicht weniger, denen dies nicht als einzig mögliche Lebenseinstellung erschien. Die Mühsal der Landarbeit war dabei wohl auch nicht hilfreich, einen Blick über den Nutzen konkreter Tätigkeit hinaus zu fördern. Und doch gab es gerade unter den Bauern manche, die in tiefer Ehrfurcht vor den Gaben der Natur lebten, welche auf ihren Feldern wuchsen. Ich fühlte, wie mir die grummeligen Gesichter auch dann nahe waren, wenn sie meinen Gruß nicht erwiderten, und ich ging des Weges weiter, der sich nun langsam zwischen den Hügeln in die Tiefe schlängelte.

So durchstreifte ich die Gegend weiter und kam an einen kleinen See, worin sich Enten tummelten. Als ich mich dort auf die Wiese setzte, watschelten bald drei Enten vertraulich zu mir. ‚Es sind wunderbare Tiere, sie können schwimmen, am Land gehen und auch fliegen‘, dachte ich mir. ‚Weil sie alles können, fliegen sie allerdings nicht so weit wie eine Eule oder ein Storch, nicht so hoch wie ein Adler, schwimmen nicht wie ein Fisch und rennen nicht wie ein Löwe. Die Vielfalt der Fähigkeiten scheint die Ausprägung der einzelnen Eigenschaften etwas zu behindern. Und zugleich ist die Vielfalt der Enten das Besondere‘. Als die eine Ente von mir weglief und sie dabei mit jedem Schritt etwas von der einen zur anderen Seite wackelte, da ging mir durch den Kopf: ‚In diesem watschelnden Entengang zeigt sich alles, was unsere Welt ist.‘ Und dann sah ich die kleinen Blumen auf der Wiese, auch sie: das ganze Dasein als diese Blumen. Ich gab den Enten einige Brotstücke, genügend zerkleinert, dass sie sich nicht daran verschlucken mochten, und einige Brocken warf ich ins Wasser, damit sie diese dort aufnehmen könnten. Das erinnerte mich an die Brotmocken, welche die Menschen auf dem Land gelegentlich zum Frühstück in den Kaffee tunken, bevor sie diese essen. ‚Tiere und Menschen haben doch vieles gemeinsam‘ dachte ich mir, als ich mich erhob und weiter der kleinen Straße entlang ging. Am Wegrand suchten die Vögel nach Essbarem auf dem Boden der eben gemähten Wiesen, und ich wusste nicht, ob es Samen wären, oder Würmer.

Schließlich gelangte ich zum Meer, und ich erinnerte mich an den Aufenthalt mit Jeduschin. An dieser Stelle war es aber nicht so leicht, ins Wasser zu gelangen, und so verzichtete ich darauf. Stattdessen nahm ich an der nächsten Wegkreuzung jenen Weg, der zurück in die Richtung von Jeduschins Anwesen verlief. Dabei kam ich an einem Bauerngehöft vorbei, wo ich verschiedene Nahrungsmittel erwerben konnte. Die Menschen dort kannten das Anwesen von Jeduschin und sprachen in ehrfürchtigen Worten vom ‚weisen Mann‘, der nach ihrem Bericht auch heilende Kräfte hatte. Er war nicht einer der ihren, nicht einer der Bauersleute, aber er gehörte in besonderer Weise zu all jenen, die hier lebten. Niemals aber sah ich, dass er ein Aufheben um das Ansehen gemacht hätte, das er in der Gegend hatte. Nie sprach er darüber, dass er bei einigen Menschen mehr galt, als ein Mann, der einfach neben einer leeren Kapelle wohnt. Seine Kraft kannte ich gut, aber gesprochen hatte er über diese Dinge nur grundsätzlich, nie in Bezug auf sich selbst. Bis ich zurückkam, war es später Abend geworden, und ich legte mich gleich zu Bett. Gegessen hatte ich etwas im Bauernhof, und Jeduschin war nicht da.

Am folgenden Morgen erzählte ich Jeduschin von meiner Wanderung, vom Dorf, von den Bauern auf den Äckern, von den Enten und vom Gehöft, wo ich Nahrungsmittel bekommen hatte. Er hörte mir aufmerksam zu und schien mir doch etwas abwesend zu sein. Nach einer Pause sagte er mir, dass er sich bei meiner Erzählung an seine eigene Zeit auf dem inneren und äußeren Weg hier erinnert hatte. Über viele Stufen habe ihn sein Weg an den Ort geführt, wo er jetzt war, und er war nachdenklich darüber. Vielleicht war es deshalb, weil er wie ich eines Tages zu dieser Klause gekommen war, und weil er Parallelen zu unserem Zusammentreffen sah. Er erzählte mir, dass er während seiner Zeit in der Höhle von einem weisen Mönch in der Gegend gehört hatte, den er später gesucht und schließlich hier gefunden habe. Dieser Mönch lebte im Anwesen, das jetzt Jeduschins Zuhause war, und in der Kapelle habe es damals noch einige Statuen und rituelle Gegenstände gehabt.

Nach dem Bericht von Jeduschin hatte ihn der alte Mönch freimütig aufgenommen. Obwohl er keinem Orden angehörte und auch keiner bestimmten Religion zu folgen schien, habe er gelegentlich eine Art Mönchskutte getragen. Das habe er wohl getan, weil es ihm irgendwie entsprach und er in dieser einfachen Kleidung eine mit der inneren Einstellung übereinstimmende Form gefunden hatte. Manchmal sei der alte Mönch aber auch in einem dicken wollenen Pullover im Garten gewesen, wenn er die Pflanzen für den Winter vorbereitete. Das immer wiederkehrende Geschehen auf dieser Erde schloss auch die Mönchskutte mit ein, und diese war nicht minder und nicht mehr Gestalt des tiefen Ganzen, wie alles andere auch. Jeduschin aber hatte diese Art Kleidung später nie getragen und damit auch den Brauch seines Lehrers nicht übernommen. Er hatte beim alten Mönch ja auch keine Lebensform und keine Lehre, sondern Befreiung gesucht und diese auch erfahren. Diese Freiheit habe der Mönch in eindrücklicher Weise verkörpert. Nach dessen Auffassung führten alle geistigen Schulen zu einem zentralen Punkt, der jenseits aller Lehren besteht. Dort gab es keine Dogmatik mehr, und es gab auch nichts auszugrenzen. Einzelne Religionen und Schulen empfand er einfach als Hilfen auf dem Weg zu diesem Kernpunkt. Man konnte ihnen folgen oder sie weglassen. Sie waren Wegweiser in einem großen Land, in dem die verschiedensten Wegweiser standen, und das zugleich alle Wegweiser umfasste.

Als Jeduschin diesen Mönch und Lehrer das erste Mal getroffen hatte, war es ihm nicht anders ergangen als mir. Ganz offen sei dieser vor Jeduschin gestanden, und auch Jeduschin hatte damals jenes tiefe Sein wahrgenommen, das nicht zu beschreiben ist. In dieser ersten Begegnung nach der Höhlenzeit am Meer habe er sich weiter geöffnet, und er habe gespürt, um was es bei seiner Suche eigentlich ging. Diese Empfindung habe sich nach der ersten Zeit mit dem Mönch aber wieder verflüchtigt, und Jeduschin hatte dann lange Zeit nur noch eine ferne Erinnerung an die Botschaft, die ihm durch seinen neuen Lehrer in den ersten Begegnungen zugekommen war. So sehr er es sich auch wünschte, konnte Jeduschin doch lange nicht wieder dahin gelangen. Immerhin gab es nun

90

einen Orientierungspunkt in seinem Inneren. Der alte Mönch fand es aber nicht einmal bedauerlich, dass die Erinnerung in seinem Schüler wieder verblasste, und er nahm dessen gelegentliche Klagen darüber gelassen hin. Eines Tages würde sich der Nebel lichten, und wenn es nicht geschähe, so würde dies doch nichts ändern am Eigentlichen, das darunter verborgen lag. So blieb denn Jeduschin neben seinem Lehrer ein Suchender, und ein Kämpfer auch.

Nach Jeduschins Bericht hatte der Mönch ein aufmerksames Auge auf ihn und seinen Geisteszustand, auch wenn er wenig sagte und ihn in den meisten Dingen gewähren ließ. Er wusste, dass der innere Entwicklungsweg jedes Menschen individuell ist und auch in eigener Weise gegangen werden muss, und so hielt er es auch nicht für notwendig, für Jeduschin ein Programm aufzustellen. Selbst als Jeduschin eine gewisse Betriebsamkeit in die Klause brachte, weil er auch andere Menschen für seinen Meister interessieren wollte, sagte dieser wenig dazu. Er ging den Aktivitäten, die sich allenthalben mit den Gästen einstellten, soweit möglich aus dem Weg, wenngleich er sich deren Anliegen nicht ganz verschloss. Nie sei er aber selbst mit geistlichen Dingen an die Besuchenden herangetreten. Er hatte Jeduschin nicht angenommen, weil er auf jemanden hätte wirken wollen oder gar einen Nachfolger gesucht hätte, sondern weil ihn Jeduschin in der Einsamkeit aufgesucht hatte. Und seither war er einfach dageblieben. Auch war es nie die Sorge des alten Mönches gewesen, ob Jeduschin eines Tages wieder gehen würde. Wie in jeder Hinsicht war er in diesem Punkt ohne Anhaftung und völlig frei. Die sporadisch auftauchenden Gäste überließ er gerne Jeduschin, der sich – wie dieser mir jetzt etwas beschämt berichtete – manchmal darin gefiel, mit ihnen deren Lebenslage zu besprechen und ihnen Rat zu geben. Oft genug kamen die Menschen ja in Not und Sorge. Begegnete der alte Mönch den Gästen, so ließ er sich zwar manchmal in ein Gespräch ein, doch oft blieb er wortkarg und ließ sie weiterziehen, ohne zu erwägen, was sie über ihn denken würden. Er war um nichts besorgt und daher frei im Geist, und manchmal lag gerade darin das erlösende Erleben für andere.

Und Jeduschins Gedanken gingen weiter zurück in seine Jugend, wovon er auch noch berichtete. Wie oft schien mir, dass er es nicht wirklich mir erzählte, sondern vielmehr sich selbst, als würde er einen Bogen schlagen zu seinem gegenwärtigen Wesen, damit der Kreis geschlossen würde. Jeduschin erinnerte sich, dass er ein zurückgezogenes Kind gewesen war, wenig auffällig, und er hatte es geliebt, im Wald zu sitzen und Dinge zu tun, die andere als unnütz erachteten. Manchmal legte er sich auf einer Waldlichtung in die Sonne, oder er suchte nach Beeren, oder er schaute einfach den Gräsern zu, die sich sanft im Winde wiegten. Er liebte die Stille, und er glaubte nicht wie andere Kinder, sie mit Geschrei ausfüllen zu müssen, oder mit all den Dingen, die Jungen normalerweise tun. Damals – als Kind – sei er sich noch wenig bewusst gewesen, dass er sich in manchem von seinen Kameraden unterschied. Erst später begann er sich darüber zu wundern, was sie alles taten, und manchmal sei er ihnen gar etwas neidisch gewesen, wie selbstverständlich sie sich in der äußeren Welt bewegten und mit ihr umzugehen wussten.

In der Jugendzeit hatte sein Leben eine andere Ausrichtung genommen als die seiner Kollegen, und er lebte in den Vorboten seiner inneren Suche, die ihn später prägen sollte. Gelegentlich fühlte er sich einsam, und er wusste nicht, ob es nun eine selbstgewählte Einsamkeit war, oder eine ihm von anderen Menschen auferlegte. Noch habe er damals nicht erkannt, dass sich einfach Neues anbahnte. Sein innerer Weg lag noch tief in seinem Lebensplan verborgen, und erst viel später las er in den Berichten anderer, dass ein Stück innere Einsamkeit zum Weg dessen gehört, der sich ganz nach innen wendet, um dort zu erfahren, was es mit diesem Leben auf sich hat. Seine innere Abgeschiedenheit bedeutete schon damals nicht mangelnde Teilhabe am äußeren Geschehen oder am Erleben und Erleiden anderer Menschen, sondern sie entsprach einfach einer Verdichtung seiner Kräfte. Es war ihm ein Anliegen, eines Tages die Blase zu sprengen, welche die Menschen im Allgemeinen umgibt, und dies hatte ihn seinerzeit ja zu seinem Lehrer geführt.

Nach einer längeren Pause erzählte Jeduschin dann, dass der alte Mönch eines Tages recht unerwartet gestorben sei. Das traf ihn sehr. Nachdem er dessen sterbliche Überreste sorgfältig bereitet und der Natur zurückgegeben hatte, sei er allein im kleinen Anwesen zurückgeblieben. Und in jenem Moment habe er wahrgenommen, dass auch in seinem Leben und auf seinem inneren Weg etwas ganz anders geworden war. Unversehens sei er an die Stelle des alten

Mönches getreten und er habe gespürt, dass das Anwesen fortan einzig durch das geprägt würde, was er
selbst aus der Fülle des Geistes zu schöpfen vermochte. Bisher konnte er sich auf den alten Mönch abstützen und musste dadurch in spiritueller Hinsicht nie
ganz selbständig werden – es war ja noch jemand da,
der für das Spirituelle in letzter Instanz zuständig
war. Nun aber war er alleine hier, für sich und das
Anwesen verantwortlich, und er habe sich gefühlt, als
wäre er auch allein auf dieser Welt. Nur was er selber
verwirklichte, konnte Gültigkeit haben.

Und Jeduschin erzählte, wie er damals auf dem
Hof gestanden hatte, dessen Blumenschmuck er schon
lange besorgte, und wie er den leichten Wind in seinen Haaren spürte. Und er berichtete weiter, dass er –
während er noch über die Verantwortung für sein
eigenes inneres Leben nachdachte – plötzlich tiefer
gesehen habe, als wäre es ein Vermächtnis des alten
Meisters. Er fühlte sich aufgehoben in der Landschaft
und gleichzeitig verankert in einer Existenzweise, die
sein eigenes Wesen überstieg. Da war ein größeres
Ganzes, und er war Teil davon und dieses Ganze zugleich. Er war Wind, Landschaft und sich selber. Mit
einem Male habe er erkannt, wie hohl doch seine Be-
mühungen um Anerkennung und Wirkung nach außen gewesen waren. Und nun erlebte er die tiefe Einheit aller Erscheinungen. Hier war etwas, das niemanden und nichts bedurfte, um vollständig zu sein.
Kein Besucher war dazu notwendig. Mit einem Schla-
ge wäre Jeduschin zu dem geworden, was er jetzt war.
Nun ,wusste' er, ohne dass ihm jemand Weiteres erklärt hätte. Nun war er ganz in jene Welt eingetaucht,

in der auch sein Lehrer gelebt hatte. Genau diese Stimmung habe ihn über lange Zeit in dieser Klause bei seinem Lehrer-Mönch gehalten, aber als er versucht habe, ihrer ‚habhaft‘ zu werden, sei es nicht gelungen. Und nun, als er den alten Meister begraben hatte, da fiel es ihm einfach zu, leicht, wie eine Feder vom Himmel fällt. Und es sei eine Stille und Leere in sein Leben getreten, wie er sie vorher nicht kannte, und er hatte nichts mehr gewollt. Er war einfach da, auf dem kleinen Hof neben der Kapelle. Und er war leer und frei.

Gemäß seinem weiteren Bericht wusste Jeduschin, dass seine innere Reise auch nach diesen Ereignissen weitergehen würde, aber es war ihm zugleich klar, dass er nun auf den Meister in seinem Inneren zu hören hatte. Und er spürte eine Kraft, die ihm zeigte, wohin er zu gehen hatte. Sie würde ihn führen oder auch warten lassen, bis es Zeit wäre, wieder einen Schritt voran zu gehen. Das machte ihn freier, als er es je zuvor gewesen war. Nun brauchte er nur mehr nach innen zu horchen und zu spüren, was zu tun wäre. Und oft war nichts zu tun, als bereit zu sein – so wie er es schon als Kind gewesen war, als er im Wald leise den Wind über sich streichen fühlte. Da war etwas – gleichermaßen einem Wind – und doch hatte dies nichts mit dem äußeren Wind in der Landschaft zu tun, ebenso wenig wie mit den Glocken, die er zu seiner Freude manchmal aus der Ferne läuten hörte. Sie waren ihm nur ein Abbild des tieferen Klanges, den er in guten Momenten durch die Welt ziehen hörte, des Klanges, der die Welt selber war. So sei er nach dem Tode seines Meisters im Hof gestanden, sagte dann Jeduschin zum Schluss seiner langen Erzählung, und es war mir klar, dass er nicht weiter berichten würde, wie sein Weg danach verlaufen war.

Lange schwiegen wir, und ich ließ Jeduschins Worte nachklingen und in mich einsinken. Nun verstand ich in einer Weise besser, wem ich in ihm begegnet war, und doch hatte ich im Grunde alles schon gespürt und gewusst, bevor er es mir berichtet hatte. Dennoch war ich tief dankbar für die Erzählung; Jeduschin brachte mir damit viel Vertrauen entgegen, wenngleich damit keinerlei Absicht verbunden war. So, wie sich unsere Rollen beim Erzählen und Zuhören in diesem Moment etwas geändert hatten, verhielt es sich abends auch mit dem Kochen. Jeduschin ließ mich gewähren, als ich ihm vorschlug, aus der erworbenen Kost ein Nachtessen zuzubereiten, und er schien weiter seinen Gedanken nachzuhängen. Und wieder nahmen wir das Mahl schweigend ein.

Etwas erstaunt war ich, als ich morgens eine Frau am Steintisch sitzen sah, mit der Jeduschin frühstückte. Ich hatte dies nicht erwartet, nachdem wir über manche Tage als zwei Männer in klösterlicher Atmosphäre zusammen gewesen waren. Da zeigte sich mir erst, wie fixiert meine Vorstellungen von einer spiritueller Gemeinschaft mit mönchischem Charakter waren. Dabei hätten mich die Steinfiguren im Garten darauf hinweisen können, dass Jeduschin das weibliche Wesen sehr wohl zu kennen schien. In welcher Art Beziehung er zu dieser Frau stand, war mir nicht ersichtlich, aber sie zeigten eine gewisse Vertrautheit. Dennoch fühlten sich die beiden nicht gestört, als ich dazu trat, und Jeduschin lud mich ein, ebenfalls am Tisch Platz zu nehmen. Die Frau war in lebendigen Farben gekleidet, etwas ungewohnt in der Umgebung, wie ich sie in diesen Tagen kennen gelernt hatte. Jeduschin stellte uns kurz mit Namen vor – Esmeralda hieß sie –, nahm dann aber nicht weiter Notiz von mir und führte das Gespräch mit ihr fort. Sie schien eine freundliche Person zu sein, nicht ohne Ausstrahlung, doch wirkte sie auf mich zunächst zurückhaltend – vielleicht dem Ort oder der Beziehung zu Jeduschin entsprechend, so dachte ich. Angesichts ihrer Vertrautheit kannten sie sich vermutlich schon lange, doch hatte ich nicht den Eindruck, dass sie ursprünglich aus der Gegend kam. Während ich mir ein Brot zurechtlegte, drehte sich ihr Gespräch um grundlegende Dinge und Themen des Lebens, wie es zu diesem Ort passte. Dazwischen lachten sie, was mich in meiner gesammelten Stimmung etwas irritierte, und ich wusste nicht, ob ich wirklich bleiben sollte.

Unerwartet sprach mich Esmeralda dann aber an, und so fand ich mich doch bald mitten in dieser neuen Tischrunde. Sie wollte wissen, was ich denn hier in dieser ,gottverlassenen' Einsiedelei machte. Mit der Gottverlassenheit hatte sie insofern recht, als hier keine Gottesbilder gepflegt wurden, und doch war es für mich ein irgendwie heiliger Ort, und das sagte ich auch. Dem widersprach Jeduschin nun sehr – denn heilig und unheilig waren ihm unsinnige Gegensätze in dieser erfüllten Welt. Je tiefer wir miteinander ins Gespräch kamen, desto besser gefiel mir diese Frau in ihrer Lebendigkeit, und ich dachte, dass vielleicht auch Jeduschin an ihr Gefallen gefunden hatte. Oder stand er nun über diesen Dingen? Da er zwischen Geistigkeit und sogenannter Weltlichkeit keinen Unterschied machte, wäre es auch möglich gewesen, dass die Beziehung gleichzeitig durchwirkt wäre von nicht nur tiefem, sondern auch herzlichem oder gar innigem Kontakt. Wo Jeduschin diesbezüglich stand, war nicht auszumachen, und er war auch nicht geneigt, irgendwelche Erklärungen darüber abzugeben. So wie mich diese Themen beschäftigten wurde mir auch klar, dass ich nicht mehr einfach in dem präsent war, was sich zutrug. Eine solche Präsenz ließ sich aber auch nicht üben – dem hätte Jeduschin sehr widersprochen, der weder in weltlichen noch in vermeintlich geistigen Belangen ein Übungsfeld sah.

So ließ ich meine vorgängigen Gedanken fallen und fragte Esmeralda meinerseits nach ihrem Kommen, und ob Jeduschin vielleicht ihr Lehrer sei. Sie lachte laut und herzlich und sagte mir, dass es so etwas wie Lehrer und Schüler oder Schülerinnen nicht gäbe, und dass es doch ein alter Zopf sei, dass einer ‚wusste' und andere lernen konnten. So wäre es doch wohl auch nicht zwischen mir und Jeduschin. Innerlich musste ich aber zugeben, dass ich durchaus derartige Vorstellungen hatte, und so sagte ich auch: „Ich hatte keinen Lehrer mehr gesucht, aber er ist es mir in wenigen Tagen geworden. Ja, er wurde es schon in der ersten Minute, als ich ihn sah. Man trifft sich ja nicht zufällig, sondern so, wie eben alles zu seiner Zeit geschieht, wenn es dem inneren Lebensplan entspricht." Und wieder lachte Esmeralda, und ich war trotz ihrem kritischen Unterton ganz von ihr angetan. „Guter Micha", sagte sie daraufhin, und es fiel mir auf, dass mich Jeduschin in all den Tagen nie bei meinem Namen gerufen hatte, „was soll das mit den sinnreichen Zufällen. Reine Theorie, was du da erzählst. Das Leben ist einfach, was es ist, und deine schicksalhaften Lebenspläne sind Gedankenkonstruktionen, ja reine Worthülsen." Ich hätte mich beleidigt fühlen können ob der Dreistigkeit, in welcher sie mich konfrontierte und zugleich auf die Schippe nahm, aber ich hatte keine solchen Gefühle, sondern stimmte ins Gelächter ein. Die Botschaft hatte ich verstanden, und man konnte über solche Gedanken wirklich lachen.

„Die Menschen wollen allem einen Sinn und eine Bedeutung geben", sagte Jeduschin daraufhin mit gespielter Ernsthaftigkeit, „aber du brauchst dies jetzt nicht mehr zu tun." Und dann fügte er an: „Es hat keinen Zweck, in alles einen Sinn hineinzudeuten. Es ist ja schon vollständig, indem es ist. Wenn du einen Hut aufhast, brauchst du ja nicht noch einen zweiten, um den einen zu bedecken." „Aber einen Schirm" fügte

Esmeralda feierlich dazu. Da blieb mir wirklich nichts anderes mehr, als die Waffen zu strecken. Esmeralda schien so frei zu sein wie Jeduschin, und es konnte sie wohl kein Gedankengebäude durcheinander bringen. Und plötzlich wurde mir klar, wie alle derartigen Erwägungen reine Fiktionen sind, indem sie die Wirklichkeit anders beschreiben, als sie ist. Natürlich konnte man Zusammenhänge zwischen einzelnen Gegebenheiten und Ereignissen herstellen, worauf ja die Wissenschaften beruhen, aber auf das Leben angewandt hatte dies keinen Sinn. Solche Konstruktionen wirkten vielmehr als Filter, der die unmittelbare Wahrnehmung behindert, ja verunmöglicht. So können auch die Mediziner trotz aller Körperstudien nicht beschreiben, was das Leben selbst ist. Die alten Medizinmänner mochten es noch gewusst haben, und nun saß ich zwei Menschen gegenüber, die es offensichtlich auch wussten.

Und dann fragte ich Esmeralda: „Auf dem Platz drüben gibt es die Steinfigur von einer Frau. Kennst du sie?" – „Die Steinfigur oder die Frau?", fragte sie lächelnd zurück. Das irritierte mich nun wieder, wollte ich doch herausfinden, ob sie die Frau war, welche für die Figur Modell gestanden hatte. Das fragte ich sie nun ganz direkt. „Es ist hoffnungslos mit Dir", sagte sie dazu und schwieg dann. ‚Hätte nicht auch Jeduschin so sprechen können?' fragte ich mich, aber er wäre wohl höflicher gewesen oder hätte geschwiegen. Vielleicht war es aber auch gut, dass mich Esmeralda so herausforderte. ‚Gleicher Inhalt, verschiedene Ausdrucksformen', dachte ich mir. Auch Jeduschin hatte mich in solcher Weise herausgefordert, aber mehr, indem er Aussagen, die er für unstimmig hielt, nicht beantwortete und so das Thema im Raum stehen ließ. Auch ihm hatte ich mich nicht entziehen können, und seine Art, gelegentlich nicht zu reagieren, hatte bei mir vieles bewirkt. Nun aber war ich von Esmeralda direkt herausgefordert, und ich spürte genau, dass sie recht hatte und dass es völlig unpassend gewesen wäre, mich zu verteidigen. Sich gegen eine Aussage zu wenden zeigt oft nur die eigene Schwäche, und hier war es unsinnig, dies zu tun. Also – sie hatte recht. Es war hoffnungslos, reale Frauen und steinerne Figuren miteinander vergleichen zu wollen, und wenn es früher eine Vorlage gegeben haben mochte, war dies für die Wirkung der Skulptur völlig irrelevant. Wohl war ich einfach meiner eigenen Faszination erlegen, die ich sowohl bei der Steinfigur wie auch bei Esmeralda spürte. Was aber faszinierte mich denn da eigentlich? Mehr und mehr spürte ich, dass es nicht Esmeralda als Frau war, sondern vielmehr ihre Art, wie sie über allen Vorstellungen von der Welt und damit über allen Diskussionen stand. Manches erschien in ihrer Gegenwart überflüssig oder gar lächerlich, und vielleicht war es auch deshalb so, dass sie oft lachte – gerade über vermeintlich ‚wichtige Dinge‘ wie Meinungen, die man so ernst nimmt und dabei ihren volatilen Charakter verkennt.

„Weißt du“, sagte mir Esmeralda daraufhin, und es schien mir, dass auch sie auf meine Gedanken reagierte, „es gibt geistige Fischer. Sie sitzen in einem Boot, schwimmen auf dem See, halten die Angel mit dem Köder über den Schiffsrand und fangen tatsächlich hin und wieder einen Fisch.“ – „Du meinst, sie hätten hin und wieder eine geistige Erkenntnis oder eine Erfahrung, die sie prägt?", fragte ich daraufhin. – „Genau", antwortete sie, „und sie verkaufen die Fische sogleich am Marktstand." Sie schwieg, und ich dachte nach. – „Du sagst, dass sie die Erkenntnise, die sie gewonnen haben, sogleich anderen Menschen vermitteln? Und dies, ohne tiefer zu greifen?" – „Ja, manchmal machen sie sogar ein Geschäft daraus", bestätigte sie. „Sie rufen auf dem Marktplatz: ‚Seht her, seht her, hier könnt ihr tiefe Einsichten bekommen. Ich kann euch lehren. Kommt abends ins Gemeinschaftshaus, und ich werde Euch alles zeigen.' Solche geistigen Marktschreier haben nichts verstanden. Sie waren eben nur auf dem Boot, sie waren nicht im Wasser, sondern im sicheren Abstand dazu. So wird man nicht nass." – „Du meinst, sie hätten keine wirkliche Erfahrung?", fragte ich weiter. – „Man muss Erfahrungen nicht bewerten", sagte sie daraufhin, „aber es macht einen Unterschied, ob jemand das Meer vom Schwimmen und vom Tauchen her kennt, oder nur vom Boot aus. Wer die Tiefe des Seins nicht aus eigener Erfahrung durchdrungen hat, kann andere nicht wirklich lehren. Vielleicht kann ihnen so jemand häppchenweise gewisse Weisheiten vorsetzen. Die Kenner des Meeres werden andere aber zu Tauchgängen mitnehmen, und die so Angeleiteten können selber erfahren, was es mit der Tiefe auf sich hat." Und sie fügte noch an: „Wenn du über Steinfiguren und Frauen nachdenkst, dann versuchst du mit der Angel Fische zu fangen." Das war nun wirklich wahr. Die Steinfigur war einfach eine Steinfigur, und da kam mir in den Sinn, was Jeduschin mir über Symbole gesagt hatte. Damals hatte er sich auf die Schale in der Kapelle bezogen, aber auch mit Steinfiguren und selbst mit Menschen verhielt es sich nicht anders. Nichts und niemand ist ein Symbol für etwas anderes, so hatte ich seine Aussage verstanden. So etwa wäre auch ein Mönch kein Symbol für tiefen Glauben. Er wäre einfach ein Mensch in schwarzen Kleidern, der an gewisse Dinge glaubt. Und auch diese wären keine Symbole für etwas anderes.

Diesen Gedanken nachhängend fragte ich die beiden: „Ist Glaube einfach eine Erscheinung, wie andere Erscheinungen – zum Beispiel wie Bäume, Steinfiguren oder die Schale in der Apsis?" Nun antwortete Jeduschin, der dem Gespräch zwischen Esmeralda und mir gut zugehört hatte: „Wer das Meer kennt, glaubt nicht an das Meer. Er schwimmt einfach. Auch Vögel glauben nicht an die Luft, sie fliegen darin. Und sie müssen dafür auch nicht an sich selber glauben. Manchmal machen wir Menschen es uns einfach zu kompliziert." Daraus folgernd fragte ich: „Ist Religion denn überflüssig?" – „Nicht wirklich", war Jeduschins spontane Antwort. „Sie ist weder flüssig noch überflüssig", sagte er mit Schalk in den Augen. „Aber ernsthaft: Was die Menschen glauben, ist eine Tatsache, auch wenn der Glaube nicht mehr ist als eben dies. In diesem Sinne gibt es Religion. Was deren Aussagen anbelangt, kann es sich allerdings um innere Erfahrungen handeln, die im außen gesehen werden. Darüber haben wir uns ja schon einmal unterhalten. Aber auch der Umstand, dass die spirituellen Inhalte im Außen gesehen werden, ist eine Tatsache. Alles ist einfach, wie es ist, und wir müssen keine

Meinung dazu haben. Das gilt auch für Religionen. Auch sie sind einfach was sie sind – Erscheinungen in dieser Welt." – „Und was sagt die Taucherin dazu?" fragte ich Esmeralda etwas vorwitzig, denn auch die Worte Jeduschins erschienen mir als Erklärung, wenn auch durchaus als eine berechtigte. Esmeralda hielt sich kurz: „Der Taucher taucht. Er sagt nichts. Nur der Fischer geht auf den Marktplatz."

Esmeralda war wirklich eine besondere Frau, und es erging mir mit ihr ganz ähnlich wie mit Jeduschin. Ich hatte sie in der kurzen Zeit gern bekommen und sie war mir nah. Und zugleich hatte ich auch eine gewisse Scheu vor ihr – beeindruckt von ihren radikalen Äußerungen. Sie verkörperte mir das volle Leben, so wie sie in ihrer Gestalt und in ihrer Rede präsent war. Auch war ich mir sicher, dass sie ihr Leben ohne kulturell bedingte Hemmungen voll ausgeschöpft hatte. Das ängstigte mich auch etwas, weil ich mich einer Kraft gegenüber fand, der ich nicht ohne weiteres gewachsen war. Esmeraldas ungehemmte Radikalität, welche die Sache stets auf den Punkt brachte, verletzte zwar nie das Leben selbst, wohl aber meine Meinungen und Vorstellungen, welche nichts anderes als Hemmnisse in einem wirklichen Lebensausdruck waren. Vielleicht waren Leben und Spiritualität nicht zwei verschiedene Dinge – so ging es mir durch den Kopf – und Esmeralda verkörperte genau diese Einheit. In einem Glaubenssystem hätte man sie möglicherweise zu einer Göttin gemacht, zur ‚Göttin des Lebens', wie es ja viele gibt. Aber genau dadurch wird die tiefere Erkenntnis vom Menschen weggenommen, und es beginnt die Verehrung statt der Selbstverwirklichung.

„Wir gehen zum Meer", sagte Jeduschin in meine Nachdenklichkeit hinein, „kommst du mit?" Da schien sich unsere Thematik von den Fischern und den Tauchern nun plötzlich zu konkretisieren, und es war mir etwas mulmig zumute im Gedanken, Esmeralda dort vielleicht in ihrer vollen Weiblichkeit zu begegnen. Aber das waren wieder meine Vorstellungen – denn ich konnte ja nicht wissen, was sich wirklich ereignen würde. ‚Wieviele Hemmungen ich mir doch auferlege', dachte ich bei mir, aber ich äußerte mich nicht. Und nach einer kurzen Pause sagte ich für den gemeinsamen Ausflug zu. Es ging ja ums Leben und nicht um meine Bedenken. Und darauf wollte ich mich einlassen. Dabei spürte ich auch Erstaunen darüber, mit welcher Selbstverständlichkeit mich Jeduschin an seiner Beziehung zu Esmeralda teilhaben ließ. Und ich fühlte zugleich, dass alles auch etwas Unpersönliches hatte, dass es über Beziehungsformen von ‚ich und du' hinausreichte. Es ging letztlich nicht um Jeduschin, nicht um Esmeralda und auch nicht um mich. Im Zentrum standen nicht Personen, die da etwas miteinander unternahmen, es war einfach das Leben selbst, das sich so gestaltete.

Den Weg zum Acker und dem nahen Meer kannte ich bereits, und wir gingen zügigen Schrittes den Weg hinunter, wieder dem kleinen Bach entlang, der munter sprudelte. Es war schön zu sehen, wie Esmeralda leicht über die Steine sprang, ja geradezu hinglitt, und wie leicht ihr der ganze Weg fiel. Vielleicht war dies ihre allgemeine Lebenshaltung, den Wegen unbeschwert zu folgen, den Hindernissen auszuweichen und den Boden dabei doch gut zu spüren. Als wir zu den Wiesen und zu Jeduschins Acker kamen, zog sie die Schuhe aus und ging leichten Fußes über das Gras und auch über die lockere Erde, die am Rand des Ackers und manchmal zwischen Grasbüscheln lag. Es war ein Gefühl echter Unbeschwertheit, das von ihr ausging. Nicht, dass sie sich über Erfordernisse hinwegsetzte, sondern vielmehr ging sie in ihnen derart auf, dass es keinen Widerspruch zwischen ihr und der Situation gab. Wie der Bach war auch sie unterwegs zum Meer, und es gab nichts anderes zu tun, als dem Gefälle zu folgen, um zum Meer zu gelangen, in welchem sich alles Wasser fand. Esmeralda schien in solcher Weise im reinen Dasein aufgegangen zu sein, und das bewegte mich sehr. Noch nie hatte ich jemanden so vertieft und zugleich unbeschwert erlebt, wie sie auf diesem Weg, und selbst Jeduschin schienen die Schritte nicht so leicht zu fallen. Es mochte dabei auch die größere Anzahl Lebensjahre sein, die Jeduschins Körper etwas von einer solchen Unbeschwertheit genommen hatte. Nichts desto trotz schien er mir im Geiste ebenso frei wie Esmeralda, und ich wollte, ich wäre es auch gewesen. Wenngleich ich nicht an Lebensjahren schwerer trug, so doch an Einstellungen, die mich immer noch verfolgten, obwohl ich vor allem bei Jeduschin schon einige Erfahrungen wirklicher Freiheit gemacht hatte. Wirkliche Befreiung schien länger zu dauern, und ich realisierte, dass ich im Unterschied zu Esmeralda und Jeduschin noch viele innere Hindernisse aufwies. Es war zwar nicht einfach zu fassen, um welche es sich genau handelte, doch nahm ich den Unterschied in der inneren Freiheit sehr wohl wahr. Die beiden hatten etwas hinter sich gelassen, was ich noch mit mir trug, und ich wollte wissen, um was genau es hier ging.

Als wir am Meer angekommen waren, mochte ich nicht mehr länger mit dieser Frage zurückhalten, und so erkundigte ich mich bei beiden, ob sie auch einen Unterschied zwischen meiner und ihrer Freiheit sähen. Sie stimmten dem zu, und Jeduschin sagte dazu: „Irgendwann auf unserem Weg werden wir gerufen, und das Leben verlangt die Preisgabe dessen, was wir zu sein glauben. Es stellt uns Fragen und zwingt uns tiefer und tiefer in eine Welt des Seins hinein, wo es kein rationales Erkennen gibt. Die Frage, wer wir in einem tiefen Sinne eigentlich sind, was das menschliche Wesen schlechthin ist, wird zum alles beherrschenden Thema." So fühlte ich mich tatsächlich, und Jeduschin gab mir eine weiterreichende Antwort, als ich sie erwartet hatte. Und in dieser Weise fuhr er fort und schloss dabei an frühere Gedanken an: „Auf unserem Lebensweg identifizieren wir uns zunächst mit all dem, was wir vorgefunden haben. Mit unserem Körper, mit unserem Mann- oder Frausein, mit unseren geistigen Anlagen und Vorlieben, mit unseren Wünschen, mit unseren Kenntnissen. Wir nehmen an, dass wir sind, was sich hier als unsere individuelle Ausformung menschlichen Seins angesammelt hat. Gewisse Bedürfnisse und Wünsche, die sich daraus ergeben, übernehmen wir unbesehen und verstehen sie als unser tiefes eigenes Sehnen, und wir möchten das tun, wonach sie verlangen. Weil die äußeren Lebensumstände dem aber nicht immer entsprechen, erkennen

wir, dass sich unser Leben nicht unserem Sehnen gemäß entfaltet – es gibt da einen inneren Widerspruch.
Dabei glauben wir zunächst, dass das Ziel die Erfüllung unserer Wünsche sei. Wir denken, dass wir damit unser Wesen verwirklichen würden, aber das ist
nicht der Fall. Erst durch die weiteren Ereignisse
werden wir belehrt, dass etwas anderes geschieht: ein
Wachsen am Widerspruch." Jeduschins Worte erin-
nerten mich daran, wie ich selbst lange an diese Form
der ‚Selbstverwirklichung‘ geglaubt und danach gelebt hatte. Aber es war mir mit der Zeit klar geworden, dass mein Wille für den Verlauf der Ereignisse
nicht wirklich relevant war, und dass sich das Leben
nach eigenen Mustern entfaltete. Wie hätte es auch
etwas anderes sein können? Nur: woher kamen dann
meine Wünsche und Gedanken, welche dieser Einschätzung doch nicht entsprachen? Das fragte ich
Jeduschin, und er meinte: „Auch der Widerspruch ist
das Leben selbst. Und wir müssen dem scheinbaren
Widerspruch auch nicht einen besonderen Sinn unterstellen – etwa dass wir uns daran entwickeln würden
– denn das Leben geschieht einfach so, wie es geschieht."

Und weiter führte er aus: „Es geht um viel mehr,
als nur um den Verzicht auf Wünsche. Die Absage an
alle Vorstellungen führt schließlich dazu, dass wir uns
nicht mehr mit unseren individuellen Lebensgegebenheiten identifizieren. Wir erkennen, dass wir uns selber geschehen, statt zu glauben, dass wir uns selber
gestalten. Es lebt etwas in uns, das nicht unser Werk
ist, oder mehr noch: alles, was wir sind, ist nicht unser
Werk. In uns zeigt sich ein Anderes. So erleben und

erleiden wir uns selbst und die Welt, und beides haben wir nicht geschaffen. Damit sind wir Teil eines Ganzen, das sich selbst erlebt. Man könnte auch sagen, dass sich die Welt durch uns wahrnimmt. Und vielleicht tut sie dies nicht nur durch die Menschen, sondern auch durch alle anderen Lebewesen, auch durch Pflanzen und gar durch Steine. Wer oder was aber ist es, das sich hier erlebt?" Wieder einmal beendete Jeduschin seinen Gedankengang mit einer Frage, die mich zum weiteren Nachdenken anregte. Eine Antwort konnte ich zu diesem Zeitpunkt nicht finden, aber es tauchten neue Fragen auf: Warum existiere ich? Was tue ich hier auf dieser Welt? Wer bin ich eigentlich?

Weil ich mit Jeduschin tief im Gespräch versunken war, hatte ich gar nicht bemerkt, dass Esmeralda inzwischen weggegangen war. Nun aber hörte ich sie fröhlich im Wasser plantschen, und sie rief uns zu, doch auch zu kommen. Das taten wir dann, und das Leben entfaltete sich in einer Fülle, wie es sonst nur Kindern gegeben ist. In dieser Freiheit, die gleichzeitig von dichter menschlicher Bezogenheit war, fühlte ich mich tief mit der Welt und dem Leben verbunden – oder besser noch: ich fühlte mich als das Leben selbst. Es war das Leben, das sich in uns verwirklichte – so wie es Jeduschin beschrieben hatte – und es bedurfte gar nicht der vielen Worte, um das zu realisieren. Und doch hatten mir die beiden geholfen, in diesem Moment in ganzer Dichte da zu sein. Meine Fragen, warum ich existiere, was ich auf der Welt tue und wer ich eigentlich wäre, lösten sich dabei in der Gischt des Meeres auf. Da war einfach dieses Meer, und das war alles. Und dazu brauchten keine Fragen beantwortet zu werden. Als wir schließlich tropfend den Wellen entstiegen, waren wir Menschen, Felsen, Wasser und die ganze Natur wiederum einfach eins, so wie ich es hier schon einmal mit Jeduschin erlebt hatte. Es gab keinen Widerspruch in allem, und keine Theorie. Es war das Leben selbst.

Die Atmosphäre dieses reinen Seins begleitete mich auf dem ganzen Rückweg, und ich konnte nicht sagen, ob es für Jeduschin und Esmeralda ebenso war. Ich vermutete aber, dass sie sich nicht nur wie ich in diesem Moment, sondern wohl dauerhaft in einer solchen Verfassung befanden. „Ist es so?" fragte ich sie, nachdem ich ihnen davon berichtet hatte, und sie antworteten unisono: „ja durchaus!" Und nach einer Weile fügte Jeduschin an: „Was machst du nur so viele Worte über das, was doch immer ist! Es ist nicht notwendig, es auch noch zu benennen." Er hatte recht, und ich schwieg fortan, bis wir zuhause waren. Das war erst nach dem Mittag der Fall, doch aßen wir gemeinsam noch etwas, bevor sich alle zurückzogen. Das war mir nun mehr als recht, denn ich bedurfte wieder der Zeit, um die Erlebnisse in mich einsinken und sie ihre Ordnung finden zu lassen. Esmeralda hatte mich wirklich beeindruckt, und sie wirkte auf mich sogar etwas lebendiger und direkter als Jeduschin. Aber natürlich hatten sie beide ihren je eigenen Stil, sich auszudrücken und sich im Gespräch einzubringen. Während Jeduschin manchmal schwieg oder sich gelegentlich auch in längeren Gedanken-gängen ausdrückte und mir so manches erklärte, kon-frontierte mich Esmeralda einfach ganz direkt mit dem, was ich sagte oder fragte. Und vielfach wischte sie mit wenigen Worten vom Tisch, was ich eben ausgedrückt hatte. Darauf wusste ich oft nichts mehr zu erwidern, und es trat eine Stille und Leere zwischen uns, die ihren Ursprung nur im vollständigen Verzicht auf alle Gedankengänge haben konnte. So zeigte sie mir, dass meine Versuche, Sachverhalte verstehen zu wollen, geradewegs in die falsche Richtung gingen, und dass ein wahres tiefes Verständnis nichts mit ‚Verstehen‘ zu tun hatte, wie ich es oft noch anstrebte. Solches Verstehen war nur der Versuch, Dinge oder Situationen einzuordnen oder Aussagen in einen Raster zu bringen. Dadurch verloren sie aber ihren einzigen wirklichen Wert – nämlich die Kraft, jenseits derartiger Einordnungen zu existieren. So freundlich, ja herzlich lachend Esmeralda oft war, so klar und wirkungsvoll war sie in dem, was sie ausdrückte. Was sie wohl für einen Weg gegangen war, um dahin zu gelangen?

Abends traf ich Esmeralda zufällig bei der Kapelle. Sie hatte das Tuch von drinnen um sich geschlungen und wirkte wie eine Indianerin. Anders als am Nachmittag sah ich in ihrem Gesicht nun scharf geschnittene Züge, die auf ein urtümliches, kraftvolles Leben schließen ließen. Ich konnte sie mir schwerlich in einer Stadt vorstellen – viel eher in einer Hütte oder gar in einer Höhle am Meer. Ob sie und Jeduschin sich an einem solchen Ort kennen gelernt hatten? Ich wusste, dass die Frage, ob sie ein Paar seien oder nicht, eine völlig zwecklose Frage war. In derartige Kategorien ließen sich beide nicht einordnen, und sie lebten ja offensichtlich auch nicht zusammen. Und doch schienen sie sich sehr vertraut zu sein. Sie mochten beide in der gleichen geistigen Welt leben, ein ähnliches Lebensverständnis haben, und es war auch möglich, dass sie aneinander gewachsen waren. Und dass sie einander nun nicht mehr bedurften, weil beide ganz zu jenem direkten Dasein gelangt waren, wofür es keine Worte gab. Ich fühlte es nur in beider Ausstrahlung, die sich ähnlich war. Und sie schienen sich nicht deshalb ähnlich zu sein, weil sie ähnliche Menschen gewesen waren, sondern weil sie aus der gleichen Quelle schöpften, und weil sie voneinander wussten, dass sie dies taten.

Als ich Esmeralda so vor der Kapelle stehen sah, wagte ich nicht, sie anzusprechen. Ihre Gesichtszüge waren ganz klar, und ihre Augen leuchteten. Es war mir, als trüge sie ein Geheimnis in sich, das zu ergründen mir nicht zustand und mir auch nicht möglich gewesen wäre. Doch unverhofft – ohne es zu wollen – fragte meine Stimme: „Wer bist du?". Eigentlich eine sinnlose Frage, die mit vielen Worten nur auf der Oberfläche hätte beantwortet werden können, und die mit wenigen Worten wohl gar nicht zu beantworten war. Erstaunlicherweise gab sie mir die Frage einfach zurück: „Und wer bist du?". Und diese Frage schnitt sich geradezu in mein Herz. Es war wohl die Frage aller Fragen, und ich hatte sie mir an diesem Tag ja schon selbst gestellt. Aber so wie sie mir nun entgegen kam, war es nicht nur eine Frage, sondern zugleich ein Hieb, der mir alle nur möglichen Überlegungen abschnitt und mich dadurch mit einer Ahnung für das Angesprochene zurück ließ. Offenbar hatte ich die Frage nicht wirklich an sie gestellt –

jedenfalls konnte von dort keine Antwort kommen – sondern an mich selbst, und Esmeralda hatte mir die Frage in großer Deutlichkeit zurückgegeben. Dies geschah so, dass sie überhaupt erst ihre tatsächliche Wirkung entfalten konnte, und sie enthielt dadurch schon gleich eine Art von Antwort. Diese Antwort lag aber jenseits aller Worte, jenseits aller Überlegungen, und auch jenseits aller Verstehensmöglichkeiten. Mit einem Schlag war ich in einen Zustand außerhalb meines Verstandes versetzt worden, und hier gab es nichts zu begreifen und nichts einzuordnen. Ich spürte, dass es da auch nichts mehr weiter zu fragen oder zu besprechen gab, und dass ich allein bleiben musste mit dem, was mir eben widerfahren war. Mit einer leichten Verneigung verabschiedete ich mich schweigend von Esmeralda, und ich holte in der Küche noch ein Stück Brot und einige Feigen und ging dann gleich in meine Gästeklause.

Früh war ich eingeschlafen, aber nachts erwachte ich mit dem Gefühl jener unbestimmten Kraft, die ich schon von Jeduschin kannte, und die auch von Esmeralda ausging. Wie gerne wäre ich gewesen wie die beiden, aber so war es nicht, und ich hatte meinen eigenen Weg zu gehen. Nun war mir klar geworden, dass ich alles herzugeben hatte, was ich zu sein glaubte. Davon hatte Jeduschin tagsüber gesprochen, und ich hatte dies auch irgendwie verstanden, ohne es aber umsetzen zu können. Es ging um eine eigentliche Preisgabe meiner selbst, um eine radikale Selbstaufgabe, ohne dass jemand anders in Stellvertretung die Führung übernehmen würde.

Im weiteren Verlauf der Nacht empfand ich mich als eine Art Resonanzkörper für alle Klänge meines bisherigen Lebens. Ich fühlte mich als die Summe all dessen, was ich aufgenommen und gemäß meiner inneren Muster interpretiert und integriert hatte. Die Muster selber waren aber nicht mein Werk, denn sie hatten sich einfach gemäß meiner Anlagen und der äußeren Einflüsse entwickelt. Mit dieser Erkenntnis fiel meine bisherige Identifikation mit wiederkehrenden Erfahrungen in sich zusammen, und ich vermochte nicht mehr zu sagen, wer ich war. Die Frage, die ich Esmeralda gestellt hatte, und die sie mir zurückgegeben hatte, löste sich in dieser Einsicht völlig auf. Einzelne frühere Lebenssituationen zogen an mir vorüber und ich sah, wie verschiedene Menschen in mir unterschiedliche Saiten zum Klingen gebracht hatten, und dass ich mich dabei jedes Mal anders erlebte. Wenn ich mich auf eine bestimmte, mir vertraute Weise wahrgenommen hatte, dachte ich damals, das sei ,ich'. Manchmal hatte ich mich mit anderen Menschen aber auch ganz anders gefühlt, und auch das war ,ich'. Meine Wirklichkeit bestand also lediglich in einem Mitschwingen, als wäre ich ein Geigenkorpus. Je nachdem, welche Saite in welcher Weise angestrichen wurde, war der Klang anders. In mir zeigten sich also die Klänge der Welt. Nun wurde mir auch bewusst, wie sehr ich früher an einzelnen Klängen hängen geblieben war. Um einzelne Töne hatte ich mir Sorgen gemacht, und an manchem Wohlklang hatte ich mich erfreut. Stets aber gingen die Klänge vorüber, und wenn keine Saite angestrichen wurde, war eine große Stille eingetreten. Und ich spürte nun, dass in diesem Zustand etwas war, das sich nicht als ‚Ich‘ bezeichnen ließ, und das doch existierte. Darin gab es weiterhin Klänge, Reaktionen, Gefühle und Verhaltensweisen, aber keine Identifikation mehr damit. Aufgewühlt saß ich mit diesen Empfindungen in meinem Bett, und sie verdichteten sich zu einem einzigen Satz: „Es gibt mich nicht.“ So wie ich mich bisher erlebt hatte, gab es mich nicht, so hatte es mich nie gegeben. Es war nur die Identifikation mit gewissen Situationen, die mich in der Summe zum Eindruck gebracht hatte, dass es mich als eine ‚Person‘ gäbe. Und dennoch blieb etwas da, das sich im Bett aufgesetzt hatte, und das sich als Körper empfand. Nur war dies nicht mehr ‚ich‘, sondern einfach Leben.

Erschöpft schlief ich nach diesen Erfahrungen wieder ein, und der Schlaf war tief bis zum nächsten Morgen, an dem ich erst spät aufwachte. Die nächtliche Wahrnehmung hatte mich einige Kräfte gekostet, und der Leib, der nun irgendwie nicht mehr ‚ich‘ war, war müde geworden. Und dennoch ging dieses Gefühl von ‚Ich‘ auch nicht ganz verloren, nur war die Bindung zu all den früheren Lebenssituationen und Erlebnissen dünner geworden – sie waren für meine Existenz nicht mehr wichtig, ja nicht mehr notwendig. Nicht mehr die Summe der Erlebnisse und der Reaktionen darauf war bedeutungsvoll, sondern etwas jenseits von all den Einzelereignissen. Es war mir sogar, als könnte dieses ‚Sein‘ ganz ohne diese Erlebnisse bestehen.

Es regnete, als ich am Morgen aus dem Haus trat, was mir an diesem Ort noch unvertraut war. Es kam mir vor, als würde der Himmel den Staub niederwaschen, der sich auf der Straße, den Wegen und gar an den Pflanzen niedergesetzt hatte. Die Luft war nun rein – frischer als in den Tagen zuvor. Der Aufruhr der vergangenen Nacht mit dem irritierenden Gefühl, dass ich als definiertes Wesen gar nicht existierte, verband sich mit dem Wunsch, all das mit Jeduschin zu teilen. Er würde meine Erfahrungen und Einschätzungen vielleicht bestätigen, oder er gäbe mir dafür eine Orientierung. So suchte ich nach ihm, doch konnte ich ihn vorerst nicht finden. Auch Esmeralda war nicht da; vielleicht waren die beiden weggegangen. So braute ich mir einen morgendlichen Kaffee und setzte mich in der Küche an den Tisch, weiter meinen Gedanken nachhängend.

Da kam Jeduschin unverhofft herein, allerdings ohne Esmeralda. Er setzte sich zu mir und schaute mir fragend in die Augen. Wohl hatte er gespürt, was mit mir geschehen war, und er schien durchaus bereit, darauf einzutreten. So erzählte ich ihm von der Preisgabe, ja vom Verlust meiner bisherigen Identität, und dass ich nun nicht mehr wüsste, wer ich wäre. „Das wird sich auch nicht mehr ändern", meinte er lakonisch dazu. „Das war es also?" fragte ich daraufhin, „und was ist nun mit meinem Leben?" – „So etwas wie ‚dein Leben' gibt es nicht", sagte er wiederum recht gelassen und schaute mich weiterhin an. Wohl interessierte ihn, wie ich darauf reagieren würde. Als ich nicht antwortete, sprach er weiter: „Es macht keinen Sinn, sich mit eigenen Vorstellungen zu identifizieren.

Was wir als ‚unser Leben' betrachten ist nichts anderes, als eine Ansammlung von Ereignissen und Reaktionen darauf. Das ist aber nicht unsere Substanz. Ist dies einmal klar, dann sagen wir nicht mehr ‚das bin ich', wenn wir uns ärgern oder uns freuen, sondern wir nehmen diese Emotionen einfach wahr. Sie geschehen uns. Sie kommen von irgendwoher und sie gehen irgendwohin. Wenn wir ruhig genug sind, können wir sehen und spüren, wie sie auf uns zukommen, was sie mit uns machen, und wie sie wieder verschwinden. So spüren wir beispielsweise, wie uns im Ärger das Blut hochsteigt, aber es ist nicht notwendig, sich damit zu identifizieren. Wir können gewissermaßen von außen beobachten, wie sich Emotionen ereignen, manchmal fast wie ein Gewitter. Wenn wir das oft genug getan haben, verlieren sie an Energie. Das ist etwas anderes, als Emotionen zu unterdrücken. Wenn die Emotionen abklingen, finden wir uns wieder in einem Zustand innerer Ruhe. Dann ‚sind' wir einfach – bewusst oder vielleicht auch ganz selbstvergessen. In solchen Momenten ist etwas da, was nicht ‚du' bist. So ähnlich scheint dein Erleben letzte Nacht gewesen zu sein. Wir erfahren uns dann als etwas, das hinter der individuellen Erscheinung liegt, mit der wir uns üblicherweise identifizieren. In deinem Beispiel: Saitenklang und Resonanzkörper verschwinden gleichermaßen. Und trotzdem existieren wir noch, wenn auch nicht in der Form eines in sich selbst gefangenen Individuums." Zu meiner Erleuchterung bestätigte Jeduschin tatsächlich meine Erfahrungen und die neu gewonnene Sichtweise. Es gab ‚mich' nicht mehr, jedenfalls nicht mehr in der gewohnten Form, und trotzdem war etwas da, das irgendwie ,ich' zu sein schien.

Und Jeduschin fuhr fort: „Wenn die Sache bei Emotionen wie Ärger leicht zu verstehen ist und neue Verhaltensmuster befreiend wirken, ist es mit guten Gefühlen etwas schwieriger. Darauf verzichtet ja niemand gern, und so finden wir auch nicht so einfach innere Distanz dazu. Schöne Emotionen halten uns eher in der Identifikation fest, als schwierige Gefühle. Kein Liebender ist geneigt, in diesem Moment über sich selber hinauszuwachsen, neben sich hinzustehen und ruhig zu sehen, was mit ihm geschieht. Wir halten unsere Liebesgefühle für höchst bedeutungsvoll und auch für ganz individuell. Aber diese Emotionen gehören seit je zum Menschsein, und es liegt darin nicht so viel Individualität, wie wir gerne annehmen. Doch gerade im Gewöhnlichen können wir erkennen, was wir eigentlich sind: das Überindividuelle, an dem wir teilhaben, das Ganze, das wir sind. Ohne an Emotionen wie Freude und Ärger gebunden zu sein zeigt sich eine Freiheit, die groß und weit ist wie der Himmel. Das ist aber etwas anderes, als ,im siebten Himmel' zu schweben."

Esmeralda war inzwischen dazu getreten, doch ich bemerkte es erst, als sie neben uns stand. Offenbar hatte sie den Schluss unseres Gespräches mitgehört, und sie äußerte sich dazu in ihrer Weise: „So ist Deine Liebe jetzt also dahin!" Ich wollte gerade ärgerlich reagieren, dachte ich doch an die schönen Liebesgefühle, die ich schon gehabt hatte, aber dann kamen mir Jeduschins Ausführungen zu den Emotionen in den Sinn, und ich ließ es bleiben. Gleichzeitig merkte ich, dass ich im Umgang mit meinen Emotionen trotz der nächtlichen Erfahrungen und Jeduschins Erklärungen nicht wirklich frei war. Unsere Gespräche und selbst das Erleben der Weite hinter aller Identifikation veränderten meine Emotionalität nicht grundsätzlich. „Was kann ich für meine emotionale Freiheit tun?" fragte ich dann. – „Dazu kannst du nichts beitragen", antwortete Esmeralda ernüchternd, „vielleicht kommt sie einfach eines Tages." Ach – wie fühlte ich mich wieder unerlöst neben den beiden, die so frei mit den großen Lebensfragen umgingen. Manchmal hatte ich dabei das Gefühl, ein Dummkopf zu sein, aber das war ihnen wahrscheinlich egal.

‚Es macht keinen Sinn, die Sache mit Esmeralda weiter zu erörtern', dachte ich mir in einer Mischung aus Ärger und neuer Freiheit, und ich erhob mich vom Küchentisch. Inzwischen hatte der Regen aufgehört, und der Hof und die weite Landschaft dahinter lagen frisch vor mir. So dachte ich, dass es am besten wäre, einen Spaziergang zu machen und mit den Dingen allein weiter klarzukommen. Esmeralda, die ich am Vortag so positiv-lebendig erfahren hatte, war mir jetzt Anlass zu Ärger. Sie mochte vielleicht recht haben mit dem, was sie sagte, aber sie hätte es mir doch freundlicher sagen können. So fand ich mich in einem inneren Klagelied wieder, als ich aus dem Hof auf die Straße trat. Ich hatte zwar durchaus begriffen, dass nicht sie für meine Emotionen verantwortlich war, sondern ich selber, aber die Gefühle waren dennoch nicht weg. So einfach wurde man offenbar nicht frei davon.

Wieder kamen mir die Empfindungen der vergangenen Nacht in den Sinn. ‚Es gibt mich nicht als die Person, die sich mit allem Möglichen identifiziert‘, war meine Wahrnehmung gewesen. Dazu gehörten nicht nur der aufkeimende Ärger, der bald wieder verflog, sondern vor allem jene Umstände, die ich mir selber aufgebaut hatte – der Beruf, meine Beziehungen, die Hobbys. All das war ich nicht. Aber was war ich dann? Wie als Antwort auf diese Frage fühlte ich plötzlich eine Freiheit, die mit dem Verschwinden meiner Rollenmuster einher ging. Ich war frei davon, irgendetwas Bestimmtes sein zu müssen. Mehr noch: es wurde mir klar, dass es gar nicht möglich war, etwas Bestimmtes zu sein. Wie ich der Straße weiter entlang ging, erschien es mir zunehmend absurd, wie sich die Menschen selber definieren und einschätzen, nämlich anhand vorgegebener Funktionen oder Rollenmuster. Dabei musste ich mir allerdings eingestehen, dass ich dies auch getan hatte. Rollen und Funktionen konnten nur äußere Verhältnisse beschreiben, und damit war das Menschsein nicht erfasst. Um zum Eigentlichen zu gelangen, musste man sich davon lösen.

Dieser Prozess brachte mir allerdings nicht nur ein Gefühl von Freiheit, sondern er hatte auch einen schmerzhaften Aspekt. Es tat mir weh, nun plötzlich ohne meine gewohnte Identität zu sein. Ich vermochte nicht mehr zu sagen: dies ist meine geliebte Tätigkeit, jene Menschen sind mir besonders bedeutsam, das ist mein Dorf, und dies ist mein Land. Damit verlor ich meinen inneren Heimatboden. Und trotzdem war ich noch da auf dieser Straße, zwar heimatlos, aber auch weit und offen. Der Straße weiter folgend fühlte ich, wie auch der innere Weg weitergehen würde – nicht zu neuen Identifikationen, sondern als ein Leben ohne sie. Die Identifikationen hatten ja gar keinen wirklichen Realitätswert. Es waren nur Vorstellungen gewesen, die ich von mir hatte. Da entstand nun ein neues Lebensgefühl, das sich nicht an den Maßstäben der Gesellschaft orientierte, und nicht an individuellen Erwartungen anderer. Selbst die eigenen Ziele wurden bedeutungslos. Dabei ging es aber nicht um eine Freiheit von moralischen Werten, sondern um eine viel weitergehende Freiheit: um das Freisein von all dem, was ich nicht war, um das zu finden, was ich eigentlich war. In der Empfindung, nicht mehr das mir Vorgegebene zu sein, fühlte ich mich von jenem Schutt befreit, der mein eigentliches Wesen bedeckt hatte. Was blieb war unbeschreiblich. Ohne Bestreben nach Anerkennung, Geld und Befriedigung war alles still, leer und weit.

Wenngleich noch um mich war, was mein früheres Leben ausgemacht hatte, so hatte doch nichts mehr dieselbe Bedeutung. Ja es hatte überhaupt keine Bedeutung mehr. Dabei wurde mir auch klar, dass Bedeutungen nicht wirklich den Dingen und Ereignissen zugehören, sondern dass man ihnen diese anfügt. Das durchschauen allerdings nur wenige. Solange man sich mit Selbstverständlichkeit im Rahmen eigener Einschätzungen bewegt, gibt es auch keinen Grund, das anders zu sehen. Deshalb fänden es viele geradezu blasphemisch zu sagen, dass alle Dinge vollkommen bedeutungslos sind. Mir war es aber eine große Erleichterung, das zu sehen. Die Dinge und

Umstände konnten so ohne Wertungen in ihrer reinen Gestalt erscheinen, in ihrer ganzen Kraft.

Und noch etwas geschah auf diesem Spaziergang in der frischen Luft nach dem Regen: mein Name Micha fiel von mir ab. War es deshalb, dass Jeduschin mich nie beim Namen genannt hatte? Weil er wusste, dass ich gar keinen Namen haben konnte? Dass es einen solchen Namen nicht wirklich gab? So wie ich schon das Gefühl einer persönlichen Existenz verloren hatte, war nun auch noch mein Name dahin. Da war niemand mehr, der sich so nennen konnte, und es gab auch keine Möglichkeit mehr, sich auf all die Situationen zu berufen, die mit diesem Namen verbunden waren. Es war mir, als würden die entsprechenden Erlebnisse in einen Nebel sinken, der zunehmend alles einhüllte, was einmal wichtig gewesen war. Aber vor der Nebelwand war die Wirklichkeit des jetzigen Augenblicks, die ich viel intensiver wahrnahm, als zu Zeiten, als ich den Dingen und Situationen eine bestimmte Bedeutung zumaß. Selbst eine große Bedeutung nahm dem wirklichen Ereignis etwas weg, gerade so wie Ausrufe ,welch schöne Aussicht!' oder ,welch guter Augenblick!' die Dichte des Momentes und die uneingeschränkte Wahrnehmung vermindert. Die Lebensumstände, deren vermeintliche Bedeutung von mir abgefallen war, blieben zwar frühere Lebensverhältnisse, aber sie hatten keine besondere Wichtigkeit mehr – weder im Guten noch im Schwierigen. Damit fiel auch noch etwas anderes von mir ab: ich war auch nicht mehr das Bild, das andere von mir hatten, wie ich nicht mehr jenes war, das ich von mir selber hatte.

Niemand würde meinen Kern mehr in einem Bild einfangen können.

Die Gegend um das Anwesen von Jeduschin war im Grunde reizarm. Es gab hier nicht viel zu sehen: die Straße, der Weg zum nächsten Dorf, die Anhöhe, die Landwirtschaft, Wälder und Wiesen, der kleine Bach und weiter weg das Meer mit den Felsen. Damit hatte ich auch nicht viele Möglichkeiten, was ich weiter tun könnte, wollte ich nicht gleich wieder zur Kapelle und zu Jeduschin und Esmeralda zurück. Auch fragte ich mich, wie Jeduschin es hier so lange aushalten konnte – trotz seiner wunderbar gestalteten Anlage. Er musste sehr erfüllt sein, doch ob so etwas für mich auf Dauer das Richtige wäre, war mir nicht klar. Dennoch wollte ich nicht fort – noch nicht jedenfalls – denn die Ereignisse und Begegnungen bewegten viel in mir. Mangels Auswahl an Möglichkeiten beschloss ich, nochmals zum Meer hinunter zu gehen, und vielleicht würde ich einen anderen Ort finden mit einem besseren Zugang zum Wasser, auch wenn dieser vielleicht etwas weiter entfernt sein mochte. Und es wäre schön, wenn es sogar einen kleinen Strand gäbe, dachte ich mir. So folgte ich dem Weg hinunter bis zu jenem Bauernhaus wo ich letztmals Gemüse und Früchte gekauft hatte, und ich dachte, dass ich dort auch Auskunft über andere Zugänge zum Meer erhalten würde.

Als ich dort ankam, war ein kleines Fest im Gange – viele Menschen waren da, wohl die meisten aus der Umgebung. Junge und Ältere, und Kinder sprangen dazwischen herum. Ich wusste nicht, ob es ein Familienfest war, oder eines für die Bevölkerung des weiter oben liegenden Dorfes, und so war mir auch nicht klar, ob ich nun dazu treten dürfe. Immerhin ging ich bis in die Nähe des Hofes, und ich fragte dann eine junge Frau, die mir mit ihrem Kind an der Hand entgegen kam, um was es hier ginge. Sie meinte fröhlich, dass ich mich dem Treiben anschließen sollte – es gäbe hier keine ‚Fremden‘, denn alle, die hier länger oder auch nur zeitweilig lebten, würden dazu gehören. „Das Leben ist ungeteilt“, sagte sie noch dazu, und ich verwunderte mich, wie die junge Frau auf dem Lande hier so etwas sagen konnte.

So trat ich hinzu, und es war die Geburtstagsfeier des Mannes, welcher das Oberhaupt des Hofes war. Als ich früher dort Nahrungsmittel kaufte, hatte ich ihn nicht gesehen, aber nun stand er in der Mitte des Geschehens und genoss es sichtlich. Mein Hunger, der seit dem Frühstück gewachsen war, trieb mich zum Buffet, und ich gesellte mich einfach unter die Menschen dort, als würde ich sie alle kennen. Nachdem ich meinen Namen oben auf der Straße zurück gelassen hatte, fühlte ich mich so frei, dass ich keine Sorge mehr hatte, ob in den Augen anderer passend wäre, was ich tat. Und so froh und lebendig, wie ich mich in diesem Moment fühlte, war ich offensichtlich auch kein Stein des Anstoßes, im Gegenteil. Die Leute am Buffet nahmen mich herzlich auf und fragten, woher ich denn käme. Früher hätte ich wohl geantwortet, dass ich von Jeduschins Anwesen käme, aber jetzt entfuhr es mir einfach: „von der Straße.“ Die anderen lachten dazu, so sonderbar wie ihnen meine Antwort womöglich erschien, und sie wunderten sich vielleicht über den eigenartigen Gast, der sich nicht an die

Konventionen einer geregelten Konversation hielt. „Du bist ja ein spezieller Kerl" sagte daraufhin einer der Männer am Buffet, „bestimmt kommst du von Jeduschin oder von Esmeralda, die reden dort so komisch." Das interessierte mich nun. „Was ist denn komisch an ihnen", fragte ich nach, und sie sagten mir, dass es doch merkwürdige Leute seien. Sie wären zwar stets sehr freundlich, aber man könne ihre Lebensweise doch schlecht verstehen. Kürzlich sei ein Gast von den beiden gekommen und hätte berichtet, dass in der Kapelle dort eine besondere Kraft sei, und das sei ihnen nun doch sehr eigenartig vorgekommen. Sie wären ja auch schon dort zu Besuch gewesen, aber eine spezielle Stimmung hätten sie nicht festgestellt.

Nur die junge Frau mit dem Kind, die dazu getreten war, meinte dass sie sehr wohl verstünde, was in der Kapelle sei. Es sei die Kraft jener Menschen, die einfach ihrem Lebensfluss folgten, von dem man aber nie wisse, wohin er einen als Nächstes führe. Das verwunderte die anderen, denn die junge Frau schien zu ihnen zu gehören und sie hatten sie wohl noch nie so reden hören. „Aber die beiden leben doch schon seit langem dort – jedenfalls Jeduschin, denn Esmeralda hat ja ihre eigene Hütte", sagte einer, „da hat man nicht den Eindruck, dass sie irgendwohin geführt worden seien. Sonst wären sie ja nicht mehr da." Das war nun wirklich entwaffnend, sogar für mich, der ursprünglich ja aus einer ähnlichen Welt kam und erst seit einiger Zeit Erfahrungen mit einer ganz anderen Wahrnehmung gewonnen hatte. Was sollte ich schon dazu sagen? Auch die junge Frau schwieg, und ich fragte dann nach dem Zugang zum Meer, und ob es irgendwo einen kleinen Strand gäbe. Das bejahten mir die Festbesucher. Er lag allerdings in der anderen Richtung als Jeduschins Acker, weshalb wir damals auch nicht zu diesem Strandstück gekommen waren.

Die junge Frau war so freundlich, mir die Richtung zu weisen, und schließlich fragte sie mich etwas scheu, ob sie mich begleiten solle. Der Weg sei gewunden, und es gebe einige Abzweigungen, die nicht zum Ziel führten. „Wie im Leben selbst", sagte ich dazu. „Es gibt nicht wirklich falsche Wege", antwortete sie in ihrer zurückhaltenden Art, „nur solche, die uns wie Umwege erscheinen." Ich mochte die junge Frau, und so war ich gerne einverstanden, dass sie mir den Weg zeigte. Tatsächlich führte er in gewundenen Kurven dem Meer entlang, wovon einige Abzweigungen nur zu Felsen führten, an denen das Wasser an stürmischen Tagen zur Gischt werde, wie sie mir erklärte. Und andere bogen ins Land ab zu Äckern, die von hier aus bestellt wurden. Schließlich gelangten wir zum kleinen Strand, und ich hatte mir den Weg gemerkt für ein anderes Mal, wenn ich vielleicht allein wieder hingehen würde. Es hatte einige wenige Leute am Strand – zwei Fischer und deren Frauen, die bei Bäumen am Rand des feinen Kiesstrandes plauderten. Das Wetter war nicht mehr regnerisch wie am Morgen, aber große Wolken zogen noch über den Himmel, und der Wind wehte, sodass einem nicht ums Schwimmen zumute war. So setzten wir uns etwas abseits der anderen auf ein Holzbrett, das dort einmal jemand zurechtgelegt hatte.

„Kennst du Jeduschin", fragte ich sie daraufhin, „er nennt mich übrigens nie bei meinem Namen Mi-

126

cha – Namen scheinen ihm nicht wichtig zu sein." – „Ja, er ist mir bekannt. Ich heiße Barbara, und er sagte, dass der Name ‚die Fremde' bedeute, und dass ich mir erst selber fremd werden müsste, bis ich den Namen wirklich tragen dürfte. – Kann man sich selber fremd werden?" fragte sie dann nach einer Pause. Ich wusste nicht, ob ich ihr von meinen Erlebnissen erzählen sollte, und dass ich mir ohne Namen tatsächlich fremd sei. „In der gewohnten Form bin ich mir die letzte Zeit schon etwas fremd geworden", antwortete ich dann, „und zugleich bin ich mir unendlich viel näher gekommen. Ich bin aber nicht mehr jener Mensch, der ich zu sein glaubte."

„Und du, bist du dir selber fremd?" fragte ich Barbara nach einer Weile und schaute sie von der Seite her an. Sie hatte etwas Verlorenes an sich, und das weckte in mir das Bedürfnis, sie etwas trösten zu wollen. „Nicht mir bin ich fremd, sondern den anderen auf dem Hof", meine sie daraufhin etwas traurig. „Du hast ja gespürt, wie die Menschen dort denken, und ich kann es ihnen auch nicht verargen. Es ist doch so normal, wie sie sind." Damit hatte sie tatsächlich sehr recht. Mit solchen Menschen konnte man sich einsam fühlen, wie wohlwollend sie sonst auch sein mochten. Eine Ebene der eigenen Seele würde dabei unbeantwortet bleiben, das wusste ich, und so musste es auch Barbara ergehen. „Wie lebst du denn – so einsam unter vielen Menschen?" fragte ich sie, und sie gab lange keine Antwort. – „Ich dachte, dass ich weggehen würde mit dem kleinen Kind, und eventuell auch von meinem Mann, obwohl er ein lieber Mensch ist. Vielleicht wäre er sogar mit mir gekommen, aber ich weiß nicht, ob ich das gewollt hätte." Und wieder schwieg sie lange, bevor sie fortfuhr: „Ich ließ es aber bleiben, und stattdessen bin ich ganz in die innere Welt gegangen, und nun lebe ich in Frieden. Die Bäume sind mit mir, die Tiere, das Meer und die ganze Welt. Überall sehe ich die große Kraft, die uns alle umgibt und die wir selber sind. So bin ich nicht mehr allein." Ich wusste, dass es richtig war, und ich fühlte, dass es doch nicht ganz stimmte. Barbara war ja auch ein Menschenwesen mit Gefühlen und Bedürfnissen, die sich in ihrem Alter nicht schon verklärt haben konnten.

Es kam mir in den Sinn, dass viele Menschen ihre Innenwelt und die große Wirklichkeit auf einem langen Weg ergründen, während einigen wenigen tiefe Einsicht einfach so zufällt. Das hatte ich schon bei mehreren Menschen gesehen und auch bewundert, denn ich war einer auf dem langen Weg. Wie ich konnten diese ihre Lebensverhältnisse und Einstellungen aber laufend an das innere Geschehen anpassen, während die anderen dem Neuen unvorbereitet ausgeliefert waren. Lange Zeit hatte ich nicht gewusst, dass die Menschen mit plötzlicher tiefer Erfahrung damit sehr allein sein konnten und oft niemanden hatten, der ihnen zur Seite stand. So war es wohl auch bei Barbara, vermutete ich, und ich fragte sie dann auch danach. Darauf berichtete sie: „Ich war ein frohes Kind und eine unbeschwerte junge Frau, und so hatte ich auch meinen lieben Mann geheiratet. Aber eines Tages fiel die traditionelle Weltsicht gänzlich von mir ab, und ich nahm das tiefe Wesen allen Seins wahr. Und ich realisierte, dass sich die meisten

Menschen nur auf der Oberfläche bewegen und um die Tiefe nicht wissen." Das erinnerte mich an den Vergleich mit dem Meer, den ich erst vor kurzem so klar verstanden hatte. „Die Wellen wissen nicht, dass sie das Meer sind", meinte ich daraufhin, und in Anlehnung an Esmeraldas Worte ergänzte ich: „Solche Menschen tauchen nicht in die Tiefe, und manche fahren nicht einmal mit dem Schiff hinaus, um einige Fische zu fangen. Sie denken, dass dort nichts wäre." – „Hier gibt es weder Taucher noch Fischer", antwortete Barbara, „jedenfalls keine, die Fische aus der Tiefe der Seele an die Angel bekommen." Ich wusste nicht, ob ich meinen Arm um ihre Schulter legen durfte – gerne hätte ich es getan. Aber ich wollte Barbara nicht zu nahe kommen. Und vielleicht bestand unsere Nähe gerade darin, dass wir nicht in eine äußere Beziehung traten, sondern das innere Wissen teilten, das sie schon hatte, und das mir nur schrittweise und erst in letzter Zeit deutlicher entgegen gekommen war. Jeduschin und auch Esmeralda hatten mir dazu verholfen, und es war wohl auch Zeit dafür gewesen. Die Begegnung mit Barbara ließ mich wissen, dass dem so war.

Mit meinen Gefühlen zu Barbara hatte ich selber umzugehen. Dabei stand ich zwischen den Welten – der Welt der normalen Beziehungen und der Welt des Erkennens, in welcher andere Werte galten. Eben hatte ich mich noch mit der Preisgabe dieser einen Welt beschäftigt, und mit dem Wegfall meines Namens war auch manches von mir abgefallen. Doch nun meldete sich das äußere Leben wieder in seiner ganzen Stärke, und ich hatte herauszufinden, ob reale

Beziehungen in dieses neue Bewusstsein passten oder
nicht. Für Priester, Mönche und Nonnen waren zu
innige Beziehungen nicht angesagt, aber mir schien,
dass in dieser Trennung der Welten auch etwas
Unerlöstes lag. Da standen sich eine zölibatär aus-
schließende Weltsicht und weltlich konventionelle
Beziehungsmuster gegenüber, die beide nach Erlösung verlangten, um ein Leben in ganzer Weite zu
ermöglichen. Wie hatte doch Barbara zu Beginn unserer Begegnung vor dem Bauernhaus gesagt: ,Das Leben ist ungeteilt.' Da hatte sie recht, und angesichts
eines freien Lebensflusses musste ich auch nicht wissen, wie es weiterging. Jetzt war ich da, und ich legte
ihr den Arm um die Schulter, und das war alles. Wie
sie dann ihren Kopf an meine Schulter legte, bewegte
es mich. Nun war ich doch ein gestandener Mann und
in Liebesdingen nicht ganz unerfahren, aber hier trug
sich etwas zu, womit ich nun doch zu kämpfen hatte.
Es war nicht so, dass ich mich in einem Zwiespalt
befunden hätte, denn sobald ich alle Zukunftsgedan-
ken beiseitegelassen hatte, war es einfach ein schöner
Moment. In all der Geistigkeit, die mich die letzten
Tage bewegt hatte, war es ein warmes Gefühl, und
dieses sollte nicht aus dem Leben ausgeschlossen sein.
Und die Lebendigkeit, die ich bei Esmeralda gesehen
und gespürt hatte, unterstützte mich im Gedanken,
dass das Leben eine wunderbare Eigendynamik hat,
und dass wir ihm nur nicht im Wege stehen sollten.
Barbara schaute dann zu mir, setzte sich wieder gerade, ohne aber steif zu sein. Vielmehr wirkte sie ganz
warm und lebendig auf mich, und ich freute mich da-

ran. An ihr und an mir. „Ich muss nun zurück", meinte sie dann, „das Kind und mein Mann warten."

Die anderen Leute am Strand waren schon gegangen, als wir uns erhoben. Dem Ufer folgend versuchten wir dem Wasser auszuweichen, das mal mehr und mal weniger über den feinen Kiesstrand glitt, und das ergab eine Schlangenlinie. Manchmal liefen wir neben einander und manchmal hintereinander, und wir lachten, wenn wir einer Welle nicht ganz auszuweichen vermochten. Mit einem Blick aufs Meer zurück verließen wir dann den kleinen Strand, der für mich ein Ort geworden war, an den ich mich lange erinnern würde. Barbara war ja schon oft hier gewesen, aber ich dachte, dass dieser Moment auch in ihrer Erinnerung fortdauern könnte. Vor dem Bauernhaus, in dem offenbar mehrere Generationen lebten, verabschiedeten wir uns, und ich ging weiter. Als ich mich etwas später nochmals umdrehte sah ich, dass sie noch nicht ins Haus gegangen war und mir nachschaute, als wollte sie mir noch etwas sagen.

Das Leben meinte es gut mit mir, und nun kamen auch noch neue Gefühle dazu, wobei ich nicht wusste, was damit zu tun sei. So nahm ich sie auf meinem Weg den Berg hinauf einfach mit mir, und ich freute mich, als ich Jeduschins Klause wieder sah. Da war sie wieder, diese Geborgenheit und die Empfindung, nichts Bestimmtes zu brauchen, um ganz und erfüllt zu sein. Das Anwesen strahlte an diesem Abend eine unvergleichliche Ruhe aus, und ich ging in die Kapelle, um zu sehen, was aus meiner Begegnung mit Barbara würde. Und da war mir, als würden sich meine Gefühle und die dichte Stimmung in der Kapelle zu einer Einheit verbinden, und so war es gut. Ich brauchte nichts zu tun, mir nichts zu überlegen und keine Lösung zu finden. In früheren Zeiten hätte mich eine solche Lage sehr beunruhigt, aber nun war es anders. Das Anwesen und die Kapelle halfen mir, damit gut klarzukommen. Nach dem Kapellenbesuch blieb ich noch lange draußen sitzen, bis es dunkel wurde. Ich hatte noch einige Früchte im Zimmer, und so entschied ich mich, nicht zur Küche zu gehen, sondern direkt ins kleine Gästehaus. Esmeraldas Gästezimmer war offensichtlich nicht unter diesem Dach, und an diesem Abend war ich froh darum, niemandem mehr zu begegnen. Bald ging ich zu Bett und fiel in einen traumlosen Schlaf.

Die Nacht schenkte mir trotz dem vorangegangenen inneren Geschehen und dem gefühlsmäßigen Aufruhr einen guten Schlaf, und am nächsten Morgen war ich ganz offen für alles, was kommen würde. In der Küche kümmerte ich mich ums Frühstück für alle, und als niemand weiter kam, widmete ich mich ganz allein der morgendlichen Köstlichkeit. Sie tat mir gut, und ich war dankbar dafür. Anschließend zog es mich auf den Platz mit den Steinfiguren, ohne zu wissen warum. Und wieder stand ich vor der Frauengestalt, die es mir schon letztes Mal angetan hatte, und diesmal glaubte ich darin Barbaras Gesichtszüge zu erkennen. War sie etwa Modell für diese Skulptur? Ich erinnerte mich aber an Jeduschins Worte, dass sich in den Skulpturen das Prinzipielle zeige, und auch Barbara war ein Ausdruck des Weiblichen schlechthin. Es gefiel mir, diesem in Barbara zu begegnen, und zugleich fühlte ich auch eine Freiheit, das Wesen dieses Grundprinzips nicht an einem bestimmten Menschen festmachen zu müssen. Allerdings konnte es auch nicht ohne die menschliche Gestalt erfahren werden, und so wird das Allgemeinmenschliche doch immer zum konkreten Bezug. Dann betrachtete ich die Männerfigur an der Seite der Frauengestalt, und es hätte Jeduschin sein können, oder auch ich, oder sonst wer. Hier war das Grundsätzliche des Mannseins gestaltet, und es kam auch hier nicht darauf an, wer als Vorlage diente oder wer die Figur gemacht hatte. ‚Das Eine zeigt sich in den vielfältigen Erscheinungen‘, dachte ich dazu, ‚und sie alle sind stets das Eine.‘ Auch die Beziehung von Mann und Frau war in den Steinfiguren erahnbar, obwohl sie ohne Berührung zueinander standen, und auch Beziehungen gab es in der konkreten Menschenwelt in zahllosen Formen.

In solche Gedanken versunken ging ich zum Haus zurück, und nun traf ich Jeduschin in alten gemusterten Hosen, die er zur Gartenarbeit verwandte, und mit einer Harke in der Hand. Wie er mich kommen sah, fragte er mich, ob ich ihm helfen würde, ein weiteres Beet umzustechen, damit er es neu bepflanzen könnte. Das tat ich gerne, konnte ich mich doch endlich wieder einmal erkenntlich zeigen, und es war auch schön, mit ihm wieder Zeit zu verbringen. Dabei hatte ich nicht die Absicht, die Sache mit Barbara zur Sprache zu bringen, und Jeduschin machte auch keine Anstalten dazu, selbst wenn ich ihm zutraute, dass er meine Emotionen gespürt hatte. Sie konnten ihm kaum verborgen geblieben sein, doch blieb er diskret. Zumindest vorderhand, wie ich nachher feststellte. Beim Beet angekommen gab er mir Instruktionen, und bald stachen und schaufelten wir zusammen, fast schon als hätte jemand den Takt angegeben. In einer Pause erzählte ich ihm dann, wie ich meinen Namen verloren hatte, und damit auch einengende Verbindlichkeiten. Während ich Jeduschin davon berichtete, wurde mir bewusst, dass sich der Zerfallsprozess meiner Vorstellungen schon länger angebahnt hatte. Dies zeigte sich etwa darin, dass ich mich aus Auseinandersetzungen heraushielt, weil mich diese nicht mehr interessierten. Zunächst betraf es Differenzen zwischen anderen Menschen, und später auch solche, in welche ich selbst involviert war. Jeduschin hörte aufmerksam zu, und er sagte schließlich: „So geht es einem, wenn man bemerkt, dass die meisten Differenzen nur auf Vorstellungen beruhen, die wir von anderen Menschen und Situationen haben. Mit den Vorstellungen verschwinden auch die Differenzen – nicht nur das Interesse daran." Und er fuhr fort: „Die Menschen wollen eindeutig sein und bleiben deshalb an fixen Ideen hängen, aber niemand ist eindeutig. Jeder Mensch ist in sich widersprüchlich, und die große Frage ist zunächst, ob die eigene Widersprüchlichkeit angenommen werden kann." So fühlte ich es gerade bezüglich Barbara, und ohne sie zu erwähnen war ich doch gespannt, was er weiter zum Thema sagen würde.

Jeduschin nahm seine Harke noch nicht zur Hand und meinte: „Wie du erfahren hast, können innere Widersprüche eingeschmolzen werden, und das geschieht oft gerade dann, wenn sich die verschiedenen Positionen gegenseitig ausschließen." Das hatte ich in meiner dunklen Nacht bei Jeduschin tatsächlich sehr intensiv erlebt. Er fuhr fort: „Dann zeigt sich, dass unsere Vorstellungen viel zu eng sind. Wir sind keine eindeutigen Wesen. Wenn diese Widersprüchlichkeit eine existenzielle Anerkennung erfährt, indem wir akzeptieren, dass wir etwas und das genaue Gegenteil davon sind, dann wird der Rahmen gedanklicher Konstruktionen gesprengt. Dann wird klar, dass wir mehr sind, als was wir von uns denken." Vielleicht wäre ich nochmals in einem solchen Prozess, dachte ich mir, und die Begegnung mit Barbara wäre der Auslöser dafür. „Alles was wir beschreiben und damit definieren, bekommt genau dadurch Grenzen", ergänzte Jeduschin, „aber das Leben ist grenzenlos." Das hatte ich schon von Barbara gehört, und ich fragte mich, wer es von wem hatte.

„Wir Menschen scheinen so strukturiert, dass wir zunächst in Ausschließlichkeiten denken. Entweder gilt das eine, oder das Gegenteil. Aber dies stimmt nur in einer oberflächlichen Betrachtungsweise", führte Jeduschin weiter aus. Er zeigte auf die Wurzeln, die er aus dem Beet gezogen hatte und erläuterte: „Der Verstand denkt, dass eine Wurzel nicht gleichzeitig lang und kurz sein kann. Solche Begriffe machen aber nur Sinn, wenn man etwas mit etwas anderem vergleicht. Ohne solche Vergleiche sind Erscheinungen nicht beschreibbar. Entsprechend verhält es sich auch mit unseren Selbstbildern. Sie sind nur im Vergleich zu anderen Menschen möglich. Bezüglich der reinen Existenz, die wir sind, sind Vergleiche sinnlos." Genau so war ich mir vorgekommen, als ich meinen Namen und meine Identität verloren hatte. Ich hatte kein Bild mehr von mir, und trotzdem existierte ich. Nur: was war das? Die Frage, die ich wiederholt mir selbst gestellt hatte, beantwortete Jeduschin nicht und fuhr doch sinngemäß fort: „Wenn wir spüren, dass Vorstellungen von uns selber sinnlos sind, dann sind wir frei. Unser Leben steht in einem unendlichen Raum, der nur durch unsere Vorstellungsbilder eingeengt wird."

Wir nahmen die Arbeit am Beet wieder auf, und während ich weiterarbeitete, erschien es mir als praktische Konsequenz solcher Überlegungen, mir keine Vorstellungen von Barbara zu machen. Keine davon, wer sie sei, wie ihr Leben verlaufe, und auch nicht, ob wir miteinander in Beziehung bleiben würden, oder ob es nur eine einmalige Begegnung gewesen sei. Und ich fühlte, dass es in diesem Fall für mich eine große Herausforderung war, mich an keinerlei Vorstellungen und Erwartungen zu halten, sondern dem Leben wirklich seinen freien Lauf zu lassen. Wie schnell einengende Muster wieder ins Spiel kommen können, erfuhr ich gerade jetzt, aber ich fühlte auch, wie wunderbar die große Freiheit war, den Ereignissen ohne jeden Wunsch zu begegnen. Dann war alles möglich, und nichts musste sein. Jeduschin stützte seine Hände auf die Harke. „Nur wenn du alles verlierst, kannst du alles gewinnen", schloss er dabei an seine vorgängigen Überlegungen vom Leben in einem unendlichen Raum an, aber es konnte sich auch auf meine Gedanken beziehen. Müsste ich nun meine Neigung zu Barbara verlieren, um alles zu gewinnen? „Was meinst du mit ‚alles'," fragte ich ihn deshalb. Er antwortete nicht direkt, sondern fuhr fort. „Wenn du bereit bist, auf das Einzelne zu verzichten, dann gewinnst du das Ganze, das alles umfasst. So bleibe nicht hängen an deinem Haus, an deinen Beziehungen, an deinen Tätigkeiten, an deinen Gefühlen und öffne dich für das Umfassende, das dir in allem entgegentritt. Dieses Umfassende können wir auch Liebe nennen." – „Die konkrete Liebe aufgeben, um die allgemeine Liebe zu gewinnen?" fragte ich nach. – „Nicht an der konkreten Liebe hängen, um die allgemeine zu sehen", präzisierte Jeduschin. „Um das Mosaik zu erkennen, das unser Leben ist, musst du zum aktuellen Geschehen auf Distanz gehen", sprach er weiter. „Dazu gehören die schwierigen Ereignisse ebenso wie die schönen. Man sieht das Ganze und braucht nichts auszuschließen."

Also gehörten meine Gefühle auch zum Ganzen, stellte ich für mich erleichtert fest.

Wieder arbeiteten wir eine Weile, und es schein mir, dass die Arbeit am Beet und unsere Gespräche nicht nur abwechselten, sondern auch miteinander in Bezug standen. Jeduschin fragte dann: „Haben wir nicht schon einmal davon gesprochen, dass du stets in deinen eigenen Spiegel schaust?" Und ohne eine Antwort abzuwarten fuhr er fort: „Du selber bist, was du im Spiegel siehst. Wir sind nicht getrennt von dem, was wir wahrnehmen. So kannst du in den täglichen Ereignissen das Ganze erkennen, das du selber bist. Zum Beispiel im Umstechen des Beetes. Unser Leben ist eine große Kraft, die sich selber gestaltet. Solange wir davon getrennt sind, kann es uns allerdings ängstigen." Und dann wandte er sich direkt an mich: „Du hast das erlebt in jener anfänglichen Nacht, als dir die Dunkelheit begegnet ist. Die Einheit mit allem findest du, wenn alle Grenzen weggeschmolzen sind. Wenn sich der Regentropfen im Meer auflöst, wird er zum Ozean. So steckt in jedem Menschen das große Eine, ob er es erkennt oder nicht."

Bewegt hörte ich Jeduschin zu. Ich dachte an Barbara. War sie nun der Ozean, und ich auch? Wäre das die Erklärung für die Verbindung, die ich spürte? „So sind wir alle – du und ich – der Ozean?" fragte ich deshalb. „Ja. Das könnte man als tiefe Beziehung zwischen Menschen ansehen. Aber es ist viel mehr. Wie gesagt: im Ozean gibt es die einzelnen Regentropfen nicht mehr." Das machte mich etwas verwirrt, denn es schien nicht zu meinen Gefühlen zu passen. „Mit anderen Worten: alles ist umfassend. Es kann kein Wort dafür geben, denn das wäre eingrenzend", erklärte Jeduschin weiter. „Viele vermögen es nicht zu sehen, weil man dabei einsam werden kann. Die übliche Form von Gefühlen löst sich darin auf. Man kann es auch Geist, Leben, Gott oder sonst wie nennen." Ich spürte, wie das Leben bei diesen Worten in meinem Inneren pulsierte, wie es nach allen Seiten drängte. Und konkret drängte es mich auch zum Bauernhof. Dabei konnte ich mir durchaus eingestehen, dass dies eine Einengung war. Natürlich war es nicht das Geschehen selbst, sondern meine Gedanken darüber, die mich einengten. Das Leben selbst war unsere Begegnung gewesen. Sie war also das Ganze. „Aus dem lebendigen Geschehen lassen sich keine Erwartungen ableiten, weil dies mit der Lebendigkeit nicht vereinbar wäre", fuhr Jeduschin fort – und nun war mir, als hätte er mich bei meinen Gedanken ertappt. „Was lebt, kann nicht fixiert werden. Dann würde das Leben nicht mehr fließen", meinte er abschließend, und ich musste es für mich akzeptieren.

Still zogen wir dann weiter alte Wurzeln aus dem Beet und bereiteten es für eine neue Saat vor. Schon länger hatte ich Esmeralda nicht mehr gesehen, aber ich hielt es nicht für angebracht, Jeduschin zu fragen, wo sie sei. Sie führte offensichtlich ihr eigenes Leben. Nun trat sie aber zu uns ans Beet und ergänzte Jeduschins Worte in ihrer eigenen Art: „Das Leben ist ein Chaos, eine faszinierende Unordnung. Die Schwierigkeit ist nicht, das lebendige Leben zu finden – es ist immer da – sondern es auszuhalten. Das kannst du nicht", meinte sie zu mir gewandt. Ach diese Esmeralda – warum musste sie mich immer so herausfordern?

„Dann flüchtest du in deine Gedanken und pflegst deine Wünsche. Das ist eine Art von Selbstmitleid, " fügte sie noch an. Und als ob dies nicht genug gewesen wäre, ergänzte sie noch: „Du kannst deinem eigenen Inneren, dem Drang, dem Wesen in dir nicht standhalten, und deshalb weichst du aus. Du solltest dich um das Ganze kümmern, und sonst um nichts." Ich fühlte, dass sie recht hatte, aber etwas verstand ich noch nicht wirklich. Da waren wir zusammen am Meer gewesen, und ich meinte begriffen zu haben, um was es geht, und nun hatte ich mich wieder in meinen Gefühlen und Gedanken verheddert. Wie zum Trost sagte Esmeralda dann aber: „Wenn du dich in deiner inneren Lebendigkeit wahrnimmst, dann erscheint dir das Leben in neuer Weise. Deine Wünsche und Pläne werden bedeutungslos, aber du bist lebendig wie nie zuvor." War dies nun ein Aufruf zur Beziehung mit Barbara? Irgendwie schien mir das aber zu kurz gegriffen. „Es geht um den Mut zu leben", sagte Esmeralda noch, und dann wandte sie sich wieder ab und ging weiter.

Ich wusste nicht, woher sie heute gekommen war, und auch nicht, wohin sie nun ging. So kam sie mir überhaupt vor: man konnte nicht wissen, was ihre unergründlichen Wege waren. Nicht die äußeren, und schon gar nicht die inneren. Und wenn ich mich mit ihr verglich, war es vielleicht so, dass ich oft ‚Leben' spielte, statt wirklich zu leben. Meine Angst vor Schmerz, vor großer Bewegung und vor der Wahrhaftigkeit mochte mich daran hindern. Tatsächlich fürchtete ich den Strudel, in den ich geraten könnte, gäbe ich dem Dasein in seiner Ganzheit Raum. Vielleicht würde mir das Leben in einer großen Wildheit begegnen, wenn ich das Tor dazu ganz öffnen würde, dachte ich weiter. So wie Esmeralda auf mich wirkte, hatte sie keine Furcht davor. Und dann sah ich plötzlich die grundsätzliche Wildheit des Lebens vor mir. Nicht nur die Menschen hatten daran teil, sondern auch die Tiere und die Pflanzen. Und es war mir, als könnte ich nicht anders, als teilzuhaben an dieser großen Woge, die sich Leben nennt, in der alles ineinander fließt. Und da ging mir durch den Kopf, dass wir gar nicht anders existieren können, als in dieser Form des Verfließens. Unser Körper war doch Teil des Lebendigen – nicht neu erschaffene Materie, sondern nur neue Form früheren Lebens. Und mein eigener Körper erschien mir in diesem Moment als eine Bündelung ewiger Energie, die in allen Organismen fließt. Für eine kurze Lebensspanne wäre ich Teil dieser fließenden Woge, wie eine Welle, die im ewigen Auf und Ab des Lebens gleich wieder verschwindet. Und ich fragte mich, warum ich mich nicht ungehemmt in jenes Leben einließ, das wir ohnehin sind. ‚Ich bin ja schon dieses eine Meer, nur ertrage ich nicht, das wahrzunehmen‘, dachte ich weiter. Vielleicht glaubte ich, etwas schützen oder halten zu müssen, wo es doch nichts zu halten gab, sondern nur diesen ewigen Fluss, diese Wogen, dieses eine große Leben. Und dann erinnerte ich mich an Jeduschins Worte, dass in der Meerestiefe alles ruhig sei. Er sprach damals von jener anderen Seite, wo nicht die Bewegung das Wesentliche sei, sondern das reine Sein, das sich einfach als Bewegung ausdrückt. Und das erinnerte mich wieder an seine Aussage, dass es keine wirklichen Unterscheidungen gäbe.

Offenbar hatte ich meine Harke seit Esmeraldas Weggang nicht mehr benutzt, denn Jeduschin schaute mich verwundert an. Wir waren doch an der Arbeit, und ich hatte damit aufgehört, als ich meinen Gedanken folgte. Das war aber nicht im Sinn unserer gemeinsamen Tätigkeit. Jeduschin hatte mich ja nicht gefragt, ob ich helfen würde, damit ich meine Arme dann versonnen auf den Stiel der Harke stützen und irgendwelchen Gedanken nachhängen würde. Auch wenn er mich manchmal mit längeren Erklärungen in meinem inneren Prozess unterstützte, so wollte er das Beet doch vor dem Mittagessen fertig gestellt haben. Ich machte mich also wieder an die Arbeit und akzeptierte seine wortlose Zurechtweisung. Einige Zeit später, gerade als wir mit dem Beet fertig waren, rief uns Esmeralda zu meinem Erstaunen zum Essen. Ich hatte sie bisher noch nicht für uns kochen sehen und ging selbstverständlich davon aus, dass wir uns selber der Küche widmen würden. Diesmal war es aber anders, und Esmeraldas Essen war wunderbar – nicht wie die kargen Mahlzeiten, die Jeduschin jeweils bereitete und denen ich mich oftmals anschloss. Heiße Suppe dampfte in einer Schale, und das im Topf noch verborgene Mahl roch nach vielfältigen Zutaten und zahlreichen Gewürzen, sodass mir das Wasser im Mund zusammenlief. Esmeralda war mir immer wieder für eine Überraschung gut, und diesmal war es eine äußerst angenehme.

Zu meiner Verwunderung kamen am Nachmittag mehrere Leute in Jeduschins Klause. Ich hatte vorher nicht gehört, dass Besuch erwartet würde, aber Jeduschin begrüßte alle freudig und kannte sie offenbar gut. Sie setzten sich um den Steintisch im Hof, wobei auch die Stühle aus der Küche Verwendung fanden. Esmeralda kam dazu und hieß sie ihrerseits willkommen. Dann verschwand sie in der Küche um für alle Kaffee zu brauen, und sie brachte auch wunderbares frisches Gebäck, das ihrer Zauberhand entsprungen war. Und da sah ich, dass Barbara unter den Gästen war, was wiederum mein Herz höher schlagen ließ – ich konnte es mir trotz meiner bisher gewonnenen Einsichten nicht verwehren. Offenbar äußerte sich die Lebensfülle nun gerade in dieser Art. Und in Erinnerung an Esmeraldas Worte, dass man sich vor dem wahrhaftigen Leben nicht zu fürchten brauche, setzte ich mich neben Barbara auf die Steinbank. Sie war keineswegs erstaunt, dass ich hier war – sie wusste ja, woher ich zum Bauernhof gekommen war – und vielleicht hatte sie unsere Begegnung auch erwartet und war froh, dass ich nicht gerade an diesem Tag anderswo unterwegs war.

Wie mir schien, waren Jeduschin und Esmeralda durchaus damit einverstanden, dass ich mich zu den Gästen setzte, und sie warfen auch einen kurzen Blick auf Barbara neben mir, wobei sie wohl wussten, was sich hier abspielte. Die anderen Gäste waren alle nicht vom Bauernhof – ich hätte sie nach dem Fest dort wiedererkannt. Sie schienen mir aber in besonderer Weise vertraut, und ich vermutete, dass sie etwas mit Jeduschin und Esmeralda zu tun hatten. Vielleicht waren die Menschen Schüler und Schülerinnen von ihnen – wenngleich mir Esmeralda früher erklärt hatte, dass es so etwas wie Lehrer und Schüler nicht wirklich gäbe – jedenfalls nicht in ihrer Welt des Geistes und des lebendigen Lebens. Es hätte eine Art Lebensschule sein können, wenn es denn eine Schule gewesen wäre, aber so waren es einfach lebendige Menschen, die manchmal zusammentrafen. Natürlich wunderte ich mich, woher sie denn kamen und wie sie lebten, aber ich hielt es nicht für angebracht, das Gespräch mit solchen Fragen an mich zu reißen. So saß ich schweigend da und war gespannt darauf, über was gesprochen würde. Es waren Männer und Frauen dabei, und sie waren auch verschiedenen Alters. Dennoch stießen Jeduschin und Esmeralda in diesem Kreis hervor, wenngleich sie scheinbar keine Leitungsfunktion hatten. Vielleicht lehnten sie einfach ab, eine solche Stellung einzunehmen, denn das hätte ihrem freien Leben widersprochen, dessen spontane Entfaltung ihnen alles war. Damit war mir auch klar, dass es für das Treffen kein Programm gäbe, und auch kein Ziel oder ein praktisches Ergebnis, das angestrebt würde. Ich wusste von Jeduschin, dass er keine Pläne machte, schon gar nicht für andere Menschen, und dass gerade deshalb so viel um ihn herum entstand. Ich hatte ja am eigenen Leib erfahren, was alles geschah.

Im Kreis dieser Menschen wurde mir aber auch klar, dass Barbara innerlich doch nicht so allein sein konnte, wie es mir am Strand erschienen war – hier waren ja Menschen, die sie sicherlich verstanden. Allerdings war keiner davon ihr Partner, und so meinte ich auch jene andere Seite von ihr zu fühlen, die in dieser Hinsicht allein geblieben war. Das um-

144

fassende Sein drückte sich in diesem Falle eben auch darin aus, dass es der zwischenmenschlichen Beziehung nicht entbehren konnte, so wie die konkrete Beziehung umgekehrt auch der unergründlichen Dimension bedarf, um im wahren Sinne erfüllend zu sein. Diese beiden Seiten waren wohl bei Barbara wie bei mir noch nicht ganz zusammen gekommen – so dachte ich. Bei Barbara gab es einerseits die äußere Welt mit Mann, Kind und einem Leben im Bauernhof, und andererseits ihre Innenwelt von besonderer Größe und Weite, die möglicherweise nur durch die hier anwesende Gruppe repräsentiert war. Und bei mir verhielt es sich im Grundsatz auch nicht anders, wobei sowohl mein äußeres Leben wie meine Innenwelt im Umbruch waren. In diesen Überlegungen musste ich mir aber zugleich eingestehen, dass sie nicht die ‚Wirklichkeit‘ waren. Diese war viel einfacher und saß rund um den Tisch.

Das Gespräch dort drehte sich keineswegs um solche gedankliche Konstruktionen, sondern vordergründig um den Kaffee und das Gebäck, und implizit um den Geist, der dahinter steckte. Man hätte es für eine gewöhnliche Konversation halten können, wenn darin nicht eine Doppeldeutigkeit gewesen wäre. Es kam mir vor, als würden diese Menschen von anderen Dingen sprechen, als worum es rein äußerlich ging. Aber es war keine Symbolik, die sie bemühten, vielmehr schien alles, was sie sagten und worum es ging, diesen eigenartigen Doppelaspekt zu haben. So sprachen sie einfach über Kaffee, und wenn sie es taten, fühlte ich das köstliche Getränk in meiner Kehle, ohne dass ich schon einen Schluck genommen hätte, und gleichermaßen verhielt es sich auch mit dem Gebäck. Es war, als würden die Dinge zu leben beginnen, von denen sie sprachen. Und so brauchten sie keine Philosophie und keine Beschreibung von Erkenntnissen – weil sie darin lebten, und nicht darüber zu reflektieren gedachten. Wollte ich nach diesem Doppelsinn fragen, wäre ich mir plump vorgekommen, als würde ich dem Geheimnis unter ihnen Abbruch tun. Alle zusammen und jeder und jede einzeln verkörperten einfach das reine Leben, und das berührte mich sehr. Immer noch hatte ich gedanklich verstehen wollen, um was es da ging, und nun zeigten sie mir, dass es nicht zu beschreiben und in diesem Sinne auch nicht zu verstehen war. Offensichtlich spielte das Leben hier ohne Erklärungen. Die vordergründigen Erscheinungen verbanden sich mit der umfassenden Wirklichkeit, und ich erinnerte mich wieder an die Wellen auf dem Meer, die doch das Meer selbst waren.

„Wie geht es dir", fragte ich Barbara dann ganz einfach. Es war eine echte Frage, weil ich es wirklich wissen wollte. Zugleich war kein weiteres Anliegen damit verbunden, etwa dass ich etwas für unsere Beziehung hätte tun wollen. Und ich fühlte in diesem Moment, wie dies einfach das Leben war, das sich entfaltete. „Es geht so", sagte sie daraufhin, „unsere Begegnung am Strand hat mich beschäftigt. Nicht dass wir zusammen waren, sondern das Gefühl einer tiefen Gemeinschaft, das ich empfunden hatte." Sie sprach nicht laut, und es gab auch andere Gespräche am Tisch, aber sie verbarg ihre Worte auch nicht vor den anderen. Offenbar war es hier so, dass man voneinander wissen durfte, was jeden beschäftigte. Und es war mir etwas peinlich daran zu denken, wie ich das Thema Barbara vor Jeduschin und Esmeralda möglichst gemieden hatte, und es wurde dadurch noch peinlicher, dass sie es einfach so stehen ließen, obwohl ihnen die Sache sicherlich nicht entgangen war. Sie hatten ja beide einen tiefen Blick in die Seelen anderer Menschen, und in meinem Falle hatten sie mir das vermeintliche Geheimnis gelassen, wohl um mich nicht bloßzustellen. In dieser Weise hatte ich Esmeralda sonst nicht erlebt – so direkt, wie sie mit mir im Allgemeinen umgegangen war. Aber offenbar hatte sie auch eine sehr einfühlsame Seite, und dies gab mir das Vertrauen, dass sie auch mit ihren harschen Äußerungen nur das Beste für mich im Sinn hatte. „Mir geht es genauso", antwortete ich daraufhin, und es fühlte sich fast so an, als würde sich hier eine gewöhnliche Liebesgeschichte entwickeln. Aber das war nicht der Fall, das war mir und auch Barbara klar. Beide waren wir zugleich in einem weiten Feld, wo die Seelen verbunden waren, aber die äußere Lebensform nicht einfach dieser Konstellation folgte.

Obwohl Barbara vom Ungeteilten des Lebens gesprochen hatte, sagte ich im Anschluss an meine früheren Gedanken über ein mögliches Leiden an der äußeren Welt: „Das Leben ist wirklich geheimnisvoll. Es ist umfassend, und es bedarf doch der konkreten Form, um sich zu erfüllen. Dazu gehören auch Freude und Leid – ohne dies wären wir Geister." – „Und in allem Geschehen spiegeln wir uns selbst", ergänzte sie. „Zum Schluss geht es nicht um die Erscheinungen im Spiegel, sondern um das, worin sich alles spiegelt." Darüber hatte auch Jeduschin schon gesprochen, und

Barbara wusste offensichtlich ebenso davon – vielleicht mehr als ich, der ich manchmal zwischen abstraktem Verstehen und wirklichem Erkennen pendelte.

In vielen Fragestellungen hatten mir Jeduschin und Esmeralda schon geholfen, und ich hoffte, dass sie mich später auch in meinen Beziehungsfragen zu einem tieferen Verständnis führen könnten. Esmeraldas Anstöße hatten mich schon oft zur Konfrontation mit meinen Themen herausgefordert, während mir Jeduschins Erklärungen halfen, damit zurechtzukommen. So hoffte ich auf beide, denn es war gerade dieser doppelte Ansatz, der mich weiterbrachte. Ob Barbara ebenso wunderbar Lehrende zur Seite standen wie mir, wusste ich nicht, und sie sprach auch nicht davon, woher sie ihr Wissen hatte. Wenn es ihr einfach zugefallen war, enthob es sie jedoch nicht der Aufgabe, mit allem Erfahrenen und aller tiefen Sicht umzugehen und ihr Leben daran zu orientieren. Ich schwieg länger, und beim Konkreten bleibend sagte ich einfach: „Ich hab dich lieb." – „Ja so ist es zwischen uns", antwortete sie und sagte dann nichts weiter. Was hätte es sonst auch zu sagen gegeben? Derweil nahmen die Gespräche am Steintisch zwischen anderen ihren Lauf, doch vermochte ich mich nicht recht darauf zu konzentrieren.

„Es gibt noch eine Überraschung", sagte Esmeralda dann plötzlich. In solchen Fällen denkt man ja gerne an etwas Schönes, das zu sehen oder zu essen wäre, aber es war anders: es ging darum, etwas zu gestalten – also um Arbeit. „Im Sommer wird es heiß, und am Steintisch kann man nur sitzen, wenn es ein

Sonnensegel gibt, welches Schatten spendet. Ich dachte, dass wir aus vielen Stoffstücken ein buntes Sonnensegel zusammennähen könnten, und dass all jene, die darunter am Steintisch sitzen, die Vielfalt der darin verwobenen Lebensausdrücke sehen und spüren würde. Seid ihr einverstanden?" Nicht nur weil die Gruppe selber manchmal im Sommer am Steintisch saß war dies der Fall, sondern weil die Arbeit auch eine gerne gegebene Gabe an Esmeralda und Jeduschin war, die zudem fröhlich verrichtet werden konnte. Viele Stoffstücke wurden von Esmeralda hergebracht, die sie offenbar über längere Zeit gesammelt hatte, und die Kunst bestand nun darin, sie zu einem Ganzen zu gestalten. Wie Esmeralda sagte, sollte dabei jedes Stück in der Größe unverändert bleiben, obwohl es viel einfacher gewesen wäre, sie alle auf ein gleiches Maß zurechtzuschneiden und sie dann zusammenzunähen. Es war eben wie mit den Menschen, die auch alle ihre individuelle Form haben, die nicht einfach verändert werden kann. Und gerade deshalb zeigt sich in ihrer Verbindung eine Gesamtheit, die mehr ist als die Summe zurechtgeschnittener Einzelteile. Das Besondere am Projekt des Sonnensegels schien mir im Weiteren, dass die Verteilung der Farben unter dieser Voraussetzung eine gewisse Eigendynamik entwickeln würde. Auch das war wie im Leben selbst – manchmal sind Menschen zusammen ja auch so etwas wie ein Flickenteppich, dessen farbliche Wirkung auch vom Ort abhängt, an dem die einzelnen im Gefüge stehen. Vielleicht verhielt es sich auch bei Barbara und mir so?

Barbara wählte ein Stück Stoff in hellem rot, das von einigen anderen Farbstreifen durchzogen war, und die Form glich eher einem Dreieck als einem Viereck – es war etwas zwischen drin. Und weil wir zusammen am Tisch saßen, waren zum Schluss auch unsere beiden Stoffstücke zusammengenäht, etwas am Rande des Segels, das im Laufe des Nachmittags mehr und mehr Gestalt annahm. Die Farben meines Teils reichten von blau bis zu grün, wobei die grüne Seite mit Barbaras hellrotem Tuch verbunden war, sodass sich aus beiden Teilen ein Stück Regenbogen ergab. Und die Nachbarn setzten andere Teile daran, wodurch sich unsere Farbpalette erweiterte. Zum Schluss wurde es ein vielfarbiges Sonnensegel, das auch von einer inneren Harmonie zeugte. Niemand hatte das Bild vorher gezeichnet, so wie ein Künstler einen Teppich entwerfen mag, der später von Weberinnen geschaffen wird. Vielmehr war das Segel einfach ein Zeugnis vom Zusammenspiel der beteiligten Menschen.

Jeduschins Klause war also auch ein wunderbarer Ort für inspiriertes Gestalten. Mehr und mehr erwies sie sich nicht als die Einsiedelei, als die ich sie anfänglich wahrgenommen hatte. Wenngleich die Stille geblieben war, die sie auszeichnete, so war sie doch auch ein Ort des farbigen Lebens. Das hatte selbstredend auch mit Esmeralda zu tun, die nicht immer hier lebte, aber doch den Geist des Ortes mitprägte. Das wurde mir während unserer Arbeit deutlich. Das Sonnensegel würde im Sommer über dem Steintisch hängen, und alle, die daran mitgewirkt hatten, wüssten um die gemeinsame Arbeit. Es war, als brächte das Segel jedes Mal, wenn es aufgespannt würde, wiederum etwas von ihnen an diesen Ort. Die Besonderheit des Anwesens hatte ihren Grund vielleicht auch darin, dass hier schon viele Menschen waren und gewirkt hatten. Sie mochten etwas von ihrem Geist zurück gelassen haben, und er hatte sich verdichtet zu einer geistigen Einheit, so wie die Stoffstücke zu einem äußeren Ausdruck des Einen geworden waren.

Und da fragte ich mich, ob nicht auch das Tuch in der Kapelle eine solche Geschichte hätte, auch wenn es einheitlich gewoben war – in warmen Brauntönen mit Fäden verschiedener Art und Konsistenz. Schließlich kam in der Gruppe langsam Aufbruchsstimmung auf; die Leute wollten scheinbar weitergehen, oder auch zurück, woher sie gekommen waren. „Bleibst du noch etwas?" fragte ich Barbara dann, doch sie antwortete: „auch ich muss gehen; ich werde erwartet, und mein Kind braucht mich." So gab ich ihr zum Abschied einen scheuen Kuss auf die Stirne und winkte dann allen zu, als sie weggingen. Sie verliefen sich in verschiedene Richtungen und lebten also nicht zusammen. Dennoch gab es ein starkes Band, das sie miteinander verknüpfte, und wie mir schien, hielten Jeduschin und Esmeralda die Enden des Bandes in ihren Händen.

Nachdem alle gegangen waren, saßen wir drei noch etwas am Steintisch. Da fragte mich Esmeralda ganz direkt: „Liebst du sie?" – „Ja, aber es ist nicht so einfach", war meine ehrliche Antwort, „da sind Gefühle, und ich weiß nicht, ob daraus einmal etwas Weiteres wird." – „Gut so", meinte Esmeralda, „wir wissen es nie." Wir sprachen dann noch über einige andere

151

Dinge, und Esmeralda zeigte sich sehr erfreut über das farbige Sonnensegel. Nach einem kleinen Imbiss zog ich mich dankend für den schönen Nachmittag zurück. Ich ging noch einige Schritte vom Anwesen in Richtung der Anhöhe, bis ich den Bauernhof sehen konnte. Dabei dachte ich darüber nach, wie sich ein Zwiespalt nicht nur als innerer Prozess, sondern auch in der äußeren Realität auflösen konnte, denn erst damit wäre er bewältigt. Und dieser betraf nicht nur Barbara, sondern im Wesentlichen war es ein Zwiespalt zwischen der konkreten Welt mit ihren Lebensfragen und jener anderen Welt, die mir groß, weit und unfassbar erschien. Und mir kam vor, als wäre dort die wirkliche Heimat der Menschen. Das mochte Barbara ähnlich empfinden, und darin lag vielleicht auch das Besondere unserer Beziehung. Mit diesem Gedanken ging ich langsam zu meiner Unterkunft zurück, und bald schon legte ich mich zu Bett und hatte einen guten Schlaf.

Wie ich nach dieser Nacht erfrischt zum Stein-tisch kam, saßen Jeduschin und Esmeralda schon da, und sie waren wieder in ein Gespräch vertieft, in welchem sie wie vor einigen Tagen immer mal wieder lachten. Sie begrüßten mich herzlich und Esmeralda sagte: „Da kommt wieder einer, der in Konzepten lebt." Was sollte nun das? – dachte ich mir. Offenbar hatten sie über Konzepte gesprochen und vielleicht auch gelacht, weil sie in der Welt weit verbreitet sind und die Wirklichkeit verdecken. Dass dies so ist, hatte ich schon länger verstanden, aber nun waren meine Konzepte angesprochen. Ich dachte, mich daraus gelöst zu haben – aber offenbar war dies Esmeraldas Ansicht nach nicht der Fall. „Welche Konzepte denn", fragte ich, um Genaueres darüber zu erfahren. Und wieder lachten sie. Offenbar war es für sie amüsant zu sehen, dass auch diese Frage schon ein Konzept war. „Guter Micha", sagte Esmeralda daraufhin, „ ,das Leben' ist kein Konzept. Warum legst du dir immer wieder derartige vermeintliche Lebenshilfen zurecht, statt einfach zu leben?" Ich wusste nicht, ob sie nun auf meine Beziehung zu Barbara anspielte, oder ob es einfach um meine allgemeine Neigung ging, alles verstehen zu wollen. Zu meiner Rechtfertigung ließ sich allerdings anführen, dass dies eine weit verbreitete Haltung ist. „Alle Menschen haben Konzepte", sagte ich daraufhin, „nur ihr offenbar ihr nicht." Ein konzeptfreies Leben hatte ich bisher nicht verwirklichen können. „Es ist schön, deine Liebe zu Barbara zu sehen", meinte dann Esmeralda, „warum gehst du nicht einfach hin und sagst ihr, dass du sie liebst?" – „Das weiß sie schon", antwortete ich leise. „Eine Vorstellung ist das, nicht das reale Leben", sagte Esmeralda dazu. Also – die Frau brachte es immer wieder fertig, mich sprachlos zu machen.

Zum Glück kam mir Jeduschin in diesem Moment zu Hilfe. „Das Leben ist das Ganze", sagte er in Anlehnung an Gedanken, die er schon früher geäußert hatte. „Wenn du den Erscheinungen nichts Besonderes mehr andichtest, dann bist du frei." So ähnlich hatte er es mir schon früher erklärt. Wie mir schien, ging es jetzt offenbar aber um die praktische Anwendung bezüglich Barbara. – „Was führt denn zu dieser ganzheitlichen Wahrnehmung?" fragte ich nach, und Jeduschin antwortete: „Das Ganze muss in konkreten Lebenssituationen errungen werden. Was ist, ist ‚nicht dieses' und ‚nicht jenes'. Steckst du in einer Situation von ‚diesem' oder ‚jenem', also in einem Zwiespalt, so muss dieser ausgehalten werden." Da fand sich nun eine Antwort auf meine früheren Gedanken, denn Jeduschin sprach offenbar meinen inneren Zwiespalt in der Beziehung zu Barbara an, der durch Wollen und Hemmung geprägt war.

„In jedem ‚entweder-oder' steckt ein großes Hindernis", fuhr Jeduschin fort. „Wer das Ganze erfahren will, muss die Spannung zwischen den Gegensätzen aushalten, bis sie eingeschmolzen sind. Das weißt du doch. Und das gilt auch für deine Beziehungsfrage und alle weiteren konkreten Fälle, bis die Sache im Grundsatz bewältigt ist." – „Warum können wir denn nicht einfach das Ganze sehen und darin leben?" fragte ich nach. – „Das war früher so. Die Menschen vermochten das, aber sie haben es verloren. Und sie haben vergessen, dass sie es verloren haben." – „Hast du es in der Höhle am Meer wiedergefunden, als du dort lebtest?" fragte ich daraufhin. – „Man kann es so sehen. Ansatzweise war es aber schon vorher da, und auch nachher musste ich noch vieles lernen und verwirklichen." Und nach einer Pause fügte Jeduschin an: „Das war aber anders, als du es jetzt bezüglich Barbara erlebst." Jeduschin mochte recht damit haben, dass hier etwas bewältigt werden musste – das musste ich mir eingestehen. „Das Mehr an Freiheit und Weitsicht ist durch ein Weniger an unbewusster Bindung zu bezahlen, " fügte Jeduschin an. „Das heißt nicht ‚keine Bindung', sondern Freiheit in allem Geschehen. Und es heißt, nichts zu wollen." Da kamen mir die Mönche wieder in den Sinn, die ich verschiedentlich getroffen hatte, und die allesamt der engen Bindung an Güter und auch an Menschen kritisch gegenüber standen. Doch dies war wahrscheinlich nicht jene Art von Unabhängigkeit, welche Jeduschin meinte.

„Es geht noch um mehr", führte er weiter aus. „Alle Widersprüche sind Gegensätze in der eigenen Seele. Der Mensch spaltet nicht nur seine Welt, sondern gleichzeitig sich selber auf. Ganzheit zu erlangen – oder besser gesagt zu erkennen, dass sie seit je besteht – heißt, die innere Welt, die äußere Lebenslage und die große Weite allen Seins als Einheit wahrzunehmen. Alles, was geschieht, was du erlebst, und auch was du tust ist stets das Ganze." Vielleicht wollte mir Jeduschin aufzeigen, dass ich dieses Thema nun in der konkreten Wirklichkeit zu bewältigen hatte. „Wenn du das Ganze wahrnimmst, liegt dieses auch in den Beziehungen, und sie müssen daher nicht vermieden werden", fuhr er fort. „Sie können sich aber sehr verschiedenen von jenen Bindungen gestalten, welche Menschen üblicherweise eingehen. Nun ahnte ich, wie der Charakter der Beziehung zwischen Jeduschin und Esmeralda sein musste. Sie waren in Kontakt und zugleich ganz frei. Sie sahen in sich und im anderen das Ganze, und sie brauchten den anderen nicht, um ganz zu werden. Deshalb waren sie frei. Sie konnten ihre Beziehung aktiv pflegen oder nicht, sie konnten sich sehen oder nicht – es war einerlei und stets stimmig. Auch sich am anderen zu freuen, war das Ganze. Und keiner brauchte etwas vom andern. So verstand ich nun auch, dass die Beziehung von Barbara und mir ebenso sein könnte. Tief und vollkommen frei, und es würde keine Rolle spielen, wie oft und in welcher Form wir uns träfen.

Und nun verstand ich auch, was Esmeralda und Jeduschin mit den Konzepten gemeint hatten. Nach deren Ansicht bedeuteten Konzepte offenbar immer eine Spaltung in Gegensätze, woran Meinungen und Wünsche beteiligt waren, und das wirkliche Leben ging dabei verloren. Und ich folgerte, dass nur in diesem Ganzen echte Beziehung wirklich möglich war, und dass – genauer genommen – der Begriff von Beziehung sogar überflüssig würde, denn es wäre Einheit, die von beiden wahrgenommen würde. Dazu fragte ich dann: „Ist es die Einheit, das Ganze, das die Beziehung zwischen euch ausmacht, und kann man sagen, dass es dann gar keine Beziehung mehr ist, sondern einfach das reine Leben? Der Lebensfluss, der sich in zwei Menschen zeigt, und der das Ganze ist?" Damit wollte ich mich vergewissern ob mein eben gewonnenes Verständnis stimmte. Und Jeduschin antwortete: „Das Ganze macht nicht nur das aus, was du Beziehung nennst, es macht die ganze Welt aus. Wenn du von Beziehung reden möchtest, dann beträfe es deine Beziehung zu allem in der Welt. Aber es ist noch mehr: du und die Welt sind ungetrennt. Das Ganze ist nicht ‚du und die Welt' – es ist einfach."

Wir saßen längere Zeit still beieinander, und ich fühlte, wie Stille, Absichtslosigkeit und Freiheit in eins zusammenfielen. Dies war ‚das Ganze', namenlos und unbeschreiblich. Und die Konzepte, die ich von mir, von anderen Menschen, von allen möglichen Situationen und von der Welt im Gesamten hatte, lösten sich auf. Angesichts der großen Weite des Daseins erwiesen sie sich als unbrauchbar. Einmal mehr hatte ich das Gefühl, nicht nur meinen Namen verloren zu haben, sondern auch mich selbst. Demgegenüber war da einfach ein reines ‚Sein', und es war nicht einmal so, dass es in mir und um mich herum wäre. Es war vielmehr ungeteilt – die Grenzen zwischen mir und der Welt waren aufgelöst. Und es gab das Gefühl, dass es diese Grenzen eigentlich gar nie gegeben hatte. Sie waren selbst gestaltet gewesen, oder auch einfach so gewachsen, aber das war nur scheinbar so. Es gab sie nicht. Damit erwies sich auch die Beschreibung eines ‚Seins' als nicht wirklich zutreffend, denn auch diese war zu eng. Das ‚Sein' war zugleich auch ein ‚Nicht-Sein'. Was da war, überstieg alle Begrifflichkeit.

Mit diesen Gedanken erhob ich mich vom Steintisch und drückte Jeduschin und Esmeralda meinen Dank aus. Und ich fügte dann an, dass ich tagsüber gerne eine lange Wanderung machen würde, und ob ihnen das recht wäre. Das war natürlich der Fall, denn weder Jeduschin noch Esmeralda hatten eine Vorstellung davon, wie der Tag zu verlaufen hätte, und noch weniger, was ich tun sollte. Ich holte meinen Rucksack aus dem kleinen Gästehaus und zog die Wanderschuhe an. Ich wollte weit gehen, sehr weit, aber ich wusste natürlich, dass jede Wanderung ihre Grenzen hat. Auch spürte ich, dass ich noch in Jeduschins Klause beheimatet war. Dahin würde ich auch diesen Abend zurückkehren, selbst wenn ich in diesem Moment nicht wusste, für wie lange. Es war erst vor einer guten Woche, dass ich hier angekommen war und Jeduschin am Eingang der Kapelle erstmals begegnete, und in den wenigen Tagen seither hatte sich mein Leben vollkommen verändert. Vieles in mir hatte sich aufgelöst, meine Einstellung zum Leben war jetzt ganz offen, und auch meine Wahrnehmung der Welt war nicht mehr die gleiche wie zuvor. Damals, Als ich gekommen war, hatte ich meinen Weg der inneren Erfahrung weitgehend aufgegeben und war einfach meines Weges gegangen, und jetzt war es ganz anders. Es gab keinen Weg der inneren Erfahrung mehr. Ich konnte auch nicht mehr sagen, dass ich je einen Weg gegangen wäre, oder dass ich irgendwo angekommen wäre. Wenn ich nach diesen denkwürdigen Tagen auf mein bisheriges Leben zurückschaute, so waren die meisten Ereignisse in die Vergangenheit zurückgesunken – nur noch eine schwache Erinnerung an das, was einmal gewesen war. Und es war auch nicht sicher, dass die Ereignisse so gewesen waren, wie ich sie in Erinnerung hatte, denn es waren nur Eindrücke, nicht die damalige

Wirklichkeit. Und diese Eindrücke waren nicht mehr wichtig, denn sie waren auch nicht das, was jetzt war. Sie waren nicht die Gegenwart, die mir so deutlich als das Einzige erschien, was es gab. Und ich hatte aufgehört eine Person zu sein, die sich über Eindrücke, Erlebnisse, Meinungen, Wünsche oder Ziele definiert. Vielmehr war ich nur noch dieses Eine als Mensch, der unterwegs war auf der Straße und den weiteren Wanderwegen, die sich noch zeigen würden.

Weit breitete sich die Landschaft zu Beginn dieser Wanderung wieder vor mir aus, und auch das kleine Dorf kam wieder in Sichtweite, wo ich damals auf dem Platz gesessen hatte und das Mittagessen genoss. Dieses Mal nahm ich aber einen anderen Weg, weiter die Anhöhe hinauf, und ich wollte sehen, auf welchen Hügel oder welchen Berg mich der Weg führen würde, wenn ich nur immer weiter nach oben ginge. Vielleicht würde ich den Spitz des Berges erreichen können, der sich hinter der Anhöhe erhob, und ich hätte Rundsicht über die ganze Gegend. Aber es war mir nicht wirklich wichtig, und ich wusste auch nicht, ob eine Tageslänge für einen Weg weit hinauf und zurück ausreichen würde. Tatsächlich führte der Weg aber nur bis auf die Anhöhe mit der großen Weitsicht, die bis zum Meer hinunter reichte. Weiter hinauf zu gelangen wäre nur durchs weglose Dickicht möglich gewesen, und das war nicht mehr in meinem Sinn. Auf der Anhöhe war ich mir aber sicher, dass ich nicht zum Meer gehen würde, und auch nicht zum kleinen Strand, wo ich mit Barbara gesessen hatte. Die Situation hatte etwas von ihrem Zauber verloren, und ich fühlte die Welt so intensiv, dass mich in diesem Moment nichts hätte erfüllter machen können, als ich es schon war.

In einem weiten Bogen ging ich dann zum Dorf hinunter, wo ich wieder zum Platz kam, auf dem ich letztes Mal gesessen hatte. Auch der alte Mann war wieder da – so wie dies wohl jeden Tag der Fall war – und ich bekam auch diesmal wieder ein Essen. Das damals zerstrittene Paar war aber nicht mehr zu hören oder zu sehen, und sie erfüllten zusammen wohl weiterhin ihre täglichen Aufgaben. Lange blieb ich auf dem Dorfplatz, ohne weiter nachzudenken, und ich saß einfach still da. Nicht mehr wie letztes Mal, als mir so viel durch den Kopf gegangen war. Gerne schaute ich auch diesmal den Menschen zu, wie sie ihren Verrichtungen nachgingen, und wie sich das Leben in dieser Weise entfaltete. Man hätte vielleicht meinen können, dass ich als Unbeteiligter dem Leben anderer folgte, aber so war es nicht. Vielmehr fühlte ich, dass ich dieses Leben selbst war, das sich auch in den anderen Menschen zeigte, und dass zwischen uns keine wirkliche Trennung bestand.

Nach der Essenspause wanderte ich weiter, erfreute mich der Menschen, der Tiere und der Landschaft und der Sonne, die über allem stand und der Erde Leben einhauchte. Und nach vielen weiteren Schritten führte mich der Weg schließlich zurück in die Klause von Jeduschin, wo ich meine letzte Nacht verbringen sollte. Als ich wanderte, fühlte ich, wie mich die Füße noch lange weitertragen wollten, und dass es wohl Zeit wäre, weiter zu gehen. Gerne würde ich an die Tage mit Jeduschin, Esmeralda, Barbara und die anderen zurückdenken, und an die Steinfiguren, die Beete, Jeduschins Acker und das Meer. Und dazu würden all die Erlebnisse gehören, die ich gehabt hatte, aber auch sie würden mit der Zeit von jenem Nebel eingehüllt, der alle Erscheinungen verblassen lässt. So würde ich weitergehen und sehen, was mir das Leben Neues brächte. Die gewonnene Ausrichtung auf die Unergründlichkeit allen Lebens würde mir aber bleiben, das wusste ich genau. Darin fühlte ich mich tief mit Jeduschin verbunden. Und auch mit Esmeralda, die mich so gefordert hatte, und mit Barbara, bei der ich in einer neuen Weise lieben gelernt hatte. Und in allem hatte sich meine Liebe ausgeweitet – in eine Liebe zu aller Kreatur und zu allem in dieser Welt, auch zu den Pflanzen und selbst zu den Steinen.

Als ich abends zu Jeduschins Anwesen kam, war da ein neuer Gast, ein junger Mann mit leuchtenden Augen. Er hatte von Jeduschin gehört und erzählte mir, dass dieser ein weiser Mann wäre, und dass er wohl viel von ihm lernen könnte. Ich lächelte leise, sagte aber nichts dazu, denn ich ahnte, was dem jungen Mann widerfahren würde, wenn er hier bliebe. Aber es würde anders sein, als es mir hier widerfahren war, denn jedem Menschen ist sein eigener Weg beschieden, und seine eigene Art, die Tiefe des Daseins zu erfahren. Schließlich kam Jeduschin zu uns, und ich spürte, dass er wusste, dass ich weitergehen würde. So hatte ich ihm nichts zu erklären. Ich sagte ihm aber, dass es ein wunderbarer Ort sei, und dass ich wiederkommen würde, wenn er dies denn auch wolle. So geht man ja gerne auseinander, obwohl man doch nie weiß, was weiter geschehen wird, und dass nichts sicher ist.

Aber es stand mir noch die Nacht bevor, die ich im Gästehaus verbringen würde. Im Eindunkeln stand ich noch lange vor dem kleinen Haus und blickte zu den Sternen hoch, die am Himmel erwachten und mit der einkehrenden Dunkelheit immer zahlreicher wurden. So weit, wie dieser Himmel war, dieses ganze Universum, so weit kam mir die Seele der Menschen vor – jenes innere Sein, das nicht nur alle miteinander verbindet, sondern das dieses ‚Eine' ist. Und es war die ganze Welt, die so war. Dann ging ich zu Bett, ohne dass ich den jungen Mann noch einmal getroffen hätte, der nun auch eine Unterkunft im kleinen Gästehaus gefunden hatte.

Jeduschin nahm mich am nächsten Morgen in die Arme, und er sagte nichts dazu. Da war aber wieder diese Kraft, die ich am Tag unserer ersten Begegnung gespürt hatte, und ich wusste, dass ich nun auch etwas davon bekommen hatte. Es war die Kraft des Himmels, die uns allen gehört, und die wir wahrzunehmen vermögen, wenn wir uns von der Größe des Daseins nicht durch tägliche Kleinigkeiten ablenken lassen. Auch Esmeralda trat hinzu, als ich etwas später mit dem gepackten Rucksack im Hof stand. Sie steckte mir Brot und Früchte und von ihrem wunderbaren Gebäck zu, damit ich nicht hungern müsste auf meinem weiteren Weg. Und sie meinte damit nicht nur die Straße, sondern den Lebensweg. Es war ein herzlicher Abschied von den beiden, bevor ich mich auf eben diesen weiteren Lebensweg machte.

Und vor dem Weggehen trat ich nochmals in die Kapelle, die in ihrem Frieden und in ihrer Kraft dastand, und sah die Schale und das Tuch und die Größe und Weite, die sich in diesem kleinen Raum auftaten. Wie ich dann um die Ecke gebogen war und das Anwesen hinter mir gelassen hatte, tat sich die Landschaft wieder in ihrer ganzen Größe vor mir auf, und an der Wegkreuzung wusste ich nicht, ob ich nun auf die Anhöhe, zum Dorf, oder zum Meer hinuntergehen sollte. Und so setzte ich mich dort wieder auf den Baumstamm, auf dem ich schon mehrmals gesessen hatte, und ich wartete, bis mir die Eingebung den weiteren Weg zeigen würde. Und ich erinnerte mich, dass ich in all meinen Jahren schon an vielen derartigen Weggabelungen gestanden hatte, und dass es stets das Leben war, das den weiteren Weg gestaltete.